點滴城市

侯文詠

【序】

那時點滴，今日城市……

收錄在《點滴城市》裡面大部分的作品，發表時間在一九九〇到一九九一年。就算隔著時間距離，當時的那種種喧鬧以及種種蓄勢待發的氛圍，至今彷彿都還能清楚地感受到。我去查了一下網路，隨手抄下幾則一九九〇到一九九一年之間的大事記：

那期間，東西德完成了統一。伊拉克入侵了科威特，美伊波斯灣戰爭爆發，緊接著是蘇聯的全面解體……

國際局勢風起雲湧，台灣也不遑多讓。

二月，以副總統身分接任總統的李登輝與國民黨非主流派發生政爭。

三月，國大代表擴權，自行延長任期至九年，引發野百合學運。五月，當選總統的李登輝就職當天，發佈了包括呂秀蓮、陳菊、林義雄、施明德、許信良……等人的特赦令。

一九九〇年，台灣人民平均收入首度超越一萬美元。股票市場從一九八五年的六百三十六點開始啟動上漲，在一九九〇年二月，台股加權指數創下了一萬兩千六百八十二點的歷史高點，引發全民開戶的狂熱。八個月之後，股市泡沫化，指數又跌回了兩千四百八十五點。

到了一九九一年，《動員戡亂時期臨時條款》廢除，國民大會全面改選，萬年國代全部退職……

電視、報紙、雜誌，充斥著南轅北轍的論調。樂觀地覺得一切都需要破壞、需要革新的吶喊有之；覺得道德淪喪，社會崩壞的疾呼，也同樣不絕於耳。抗爭遊行、包圍立法院這些新聞，更是佔據了媒體的主要版面。

當時，正是我初進入台大醫院工作的第二年。結婚、生子，從高談理想的學生迅速地轉換成每天面對現實考驗的社會人，不過是幾年之間的事。歷史的腳步固然飛快，我個人生涯變化一樣前所未有。快速變動的生命遇見了動盪的社會，個人與社會都在一種青澀、摸索以及不確定中慢慢轉型。

當時報社主編邀我在報紙開了一週一次的專欄。說好從一個醫師的角度來觀察我所身處的社會，就如同書名一樣——點滴城市。表面看起來，主題固然五花八門，有點眼花繚亂，但現在重讀，在篇與篇之間，背後沒寫下來的心情，倒是相當一致。

＊

回頭重讀當年的作品，大概很難不坐立不安。

苦苓在二十多年前首印的序裡提到：「侯文詠是一個『矛盾的綜合體』」。如果要回憶當年下筆時的狀態，老實說，理直氣壯、天真爛漫的心情反而居多。

不過這次重讀，不知道是歲月還是經歷的緣故，關於「矛盾」這件事，嗯，我也深切地感受到了。收錄在書裡面的文章，固然每篇都是順著自己的意思順手拈來，但整本書翻下來，卻充滿了各式各樣的擺盪。一方面譏諷挑剌，另一方面卻又渴望溫文儒雅；一方面慷慨激昂，另一方面卻又試圖客觀中立；一方面高舉理想狂飆，另一方面卻又顯露老成持重……

一本態度不一致，甚至態度擺盪的書，用自己現在的出版標準來看當然是不及格的。

但為什麼會這麼自相矛盾而不自覺呢？

這個問題忽然讓我想起有次四、五十歲朋友的聚會，有人提了一個問題：大家還記得從幾歲開始，停止在行為舉止、儀容打扮上追求成熟穩重？

這個問題才一脫口，立刻惹來一番訕笑。畢竟青春無敵啊。誰會這麼想不開去裝成熟穩重呢？

「大概只有搞不懂青春有多珍貴的年輕人，才會無知到去幹這種事吧。」

（很接近老畢卡索說的：「青春很美好，可惜浪費在年輕人身上了」。）

這個討論本來只是無心插柳，不過卻讓我想起了原來每個人都有那麼一段渴望長大、渴望承擔成人世界的責任的時期。

或許正因為那樣，寫下來的文字，才有那許多的矛盾吧。想起我再也不可能寫出一本像這樣的書，心情開始變得比較沒那麼忐忑。

或許那就是年輕吧。

嗯，多麼令人釋懷的領悟啊。

＊

時光走過之後，許多不確定的事漸漸塵埃落定。回首往事時，我們得到了一個機會，心平氣和看待自己當年的主張、預言，甚至是決定。

用這樣的心情去看這本書，不難發現，當時信誓旦旦的一切，有些對了、還有些錯了。曾經憂心忡忡的事，不幸地，大部分不但成真，甚至變本加厲。儘管這本書多次登上了排行榜，許多文章甚至成了教科書的課文選題，但認真想想，當年許多聲嘶力竭的呼籲，事過境遷，真正能夠徹底改頭換面的，畢竟有限。

既然如此，或許有人要問，何必年輕，何必有夢呢？

猶記得小學畢業典禮那天，導師在黑板寫了四個字——「盡力而為」，送給我們做為禮物。在腦海中模模糊糊的這四個字，一直要到經歷了時間以及折磨之後，才逐漸理解到其中的深刻。

努力當然是成功的原因之一，但成功需要的不僅僅如此。正因為「成功」的結果有太多因素無法掌控在自己手裡，因此，如果努力只是為了「成功」，過程中我們很容易就患得患失。反過來，如果能夠「盡力而為」，針對那些自己能掌控範圍內的事情，實實在在地努力，或許那種讓自己事後沒有任何遺憾的過程，本身就已經是一種成功了。

從那時看現在，從現在看那時，青澀也好、老成也好；譏諷挑刺、慷慨激昂、理想狂飆也好；溫文儒雅、客觀中立、老成持重也好；及格也好、不及格也好。懷抱美好的夢想，並且努力落實，讓自己、讓別人都變得更好的心情，始終是讓我覺得最值得的一件事。

或許像電影中的英雄那樣獨力改變這個世界並不現實，但話又說回來，在所有這些龐大的現實中，因著大家持續的努力——這個世界也從來不曾停止過給我們帶來美好的驚喜。

或許，成就夢想很不容易吧。就像我在〈夢想的代價〉裡寫的：

沒有一個夢想不需付出代價。夢想的代價有時十分悲慘，然而比這更悲慘的卻是沒有夢想。

但正因為成就夢想不容易，所以為什麼不繼續堅持呢？

*

一八五九年，英國大作家狄更斯以十八世紀法國大革命時代為背景，寫下了《雙城記》這本書。試圖借古諷今的狄更斯，在小說的一開頭寫著：

這是最好的時代，也是最壞的時代；這是智慧的時代，也是愚蠢的時代；這是信仰的時代，也是疑慮的時代。

不知道為什麼，站在二〇一八年的今天看著這一段，有種很深的感觸。狄更斯寫的既是十八世紀的法國，是十九世紀的英國，是《點滴城市》中二十世紀的台北，更是二十一世紀的今日。

那時與今日，距離或許沒有這麼遙遠。

目錄

孤寂的旋律

從醫院下班，還來不及換下那套嚴肅、端莊的襯衫、西褲，便趕來忠孝東路赴朋友的約會。坐在咖啡店裡，望著窗外紅磚走過一個一個時髦的行人。我想起我身上穿的衣服，和我父親時代沒什麼兩樣，面對著一個瞬息萬變、一切都那麼驚心動魄的時代，不知不覺就灰心起來了。台北街頭的好處恐怕還在於世代的交替，人那麼快被推著往前走。差不多二十多歲的小伙子就很有資格指著東區一棟一棟的建築，告訴十幾歲的小小伙子，從前我們那個時代啊，這裡，這裡，根本不是這樣⋯⋯

咖啡店裡忽然放出了薩克斯風獨奏的爵士音樂。不怎麼入時的裝潢，稀稀落落的咖啡店顧客。只有煮咖啡的小弟自得其樂搖頭擺尾跟著那旋律。入了夜的城市，映進窗戶的霓虹，薩克斯風顯得格外孤寂。不知為什麼，我想起從前朋友和我看鮑伯．佛西《爵士春秋》（*All The Jazz*）那種震撼與熱情。還想起了鮑伯．佛西的《酒店》、柯波拉的《棉花俱樂部》、深作欣二《上海風情畫》裡那些爵士樂頹廢的末世情調……薩克斯風溫婉地吹著，告別什麼似地，弄得我有些感傷。彷彿那些我們曾有過的歲月，真的淹沒在時光裡，也像這些爵士樂一樣，漸漸要褪色了。

朋友比從前還胖。幾年不見，第一眼看見了，就知道那仍然還是一個朋友。帶著呼叫器，從一堆的支票、文件中走出來。坐下來，叫了一杯咖啡。仍然是談股票、談投資經營、談商場、官場……談著談著，談起了他從前的女朋友，也談起那次他服藥自盡的事。似乎一切都遙遠了。我見過那個女孩，嫁了人，也生了孩子，快快樂樂地過著生活。我們停了下來，抽菸、喝咖啡。很多時候，事情往往只是那麼一瞬地閃現。朋友忽然很正經地望著我，「我到現在還把從前看的那些詩集擺在床頭，午夜夢迴，忽然會很後悔這些年我過的日子，」他告訴我，「你一定要想盡辦法寫下去，知道嗎？」

「這是一個非賺錢不可的時代……」他又眉飛色舞地談起許多偉大的憧憬和計畫。那女孩嫁了一個有錢的男人。他得賺比那男人更多的錢。我順手點燃一根菸，煙霧中感到茫茫然。不知道為什麼，我忽然有好辛苦的感覺。這些年，我目睹了太多的理想與熱情，沉浮的政客、自以為是的記者、搶先發表成績的外科醫師、股票界的作手……

走出了咖啡店，仍然是忠孝東路的夜色。我問朋友，有要好的女朋友，或對象嗎？他聳聳肩，無可奈何對我笑了笑，做出我無法明白的表情。我們默默走了一會，朋友忽然問我：「鮑伯．佛西，死了，知道嗎？」

「死了？」我大吃一驚。

「才是去年的事。」

我們分手的時候夜色更深了。走過百貨公司，電視牆正播著瑪丹娜的熱門搖滾，圍著一群比我更年輕的孩子。我同孩子們站在那裡看了一會，心中揮不去的仍然是《爵士春秋》中的鮑伯·佛西，以及今夜孤寂的爵士旋律。想起來誰不是這樣呢？忙的時候簡直是天翻地覆，可是孤寂的感觸竟是無法逃脫的。變得這麼快的城市，我相信過不了多久，當另一個人物占據了電視牆的時候，自然就有這樣的孩子，站在同樣的這裡，用著瑪丹娜的旋律，唱著與我今夜同樣的心情。

蒂娃娜攻防戰

蒂娃娜是墨西哥邊境的一個小鎮，緊鄰美國聖地牙哥。台灣來的旅行團必到這裡採購一些便宜的皮貨、西班牙風的紀念品。習慣到歐洲、日本、美國旅行的觀光客通過了邊境的那道欄杆之後，多少拾回一點民族自尊心，原來比台灣還要落後的地方，大有國在。

外國人進入美國不免要面對許多簽證、護照以及移民局的官僚面孔。墨西哥全然是自由進入。進入了墨西哥，映入眼簾的是許多擠在一起的西班牙矮矮的白色建築，路上揚起的灰塵，淹得房子看來髒髒舊舊。配合到處噴得歪七扭八的招牌以及文字，連帶使得張貼在街道上那些候選人的笑容看起來都有些虛偽了。

墨西哥人也笑，但絕對不是美國人那種「天下第一」的笑法。那種笑容是十分謙卑而熱情的，教人想起台灣某些觀光地區賣口香糖的孩子，或者是與人合照的原住民公主。你很清楚不能承受那種熱情與笑容太多，因為過不了多久，他們隨時想從你身上獲得一點利益或者小費什麼的。

還沒進入墨西哥以前，導遊就已經說明過這個國家有多少外債，以及貧窮的程度。還特別交代，買東西一定要殺價，千萬別當冤大頭。至於殺價的程度有多少呢？據說是二折。換句話，夠本事的人，一百元標價的東西只要二十元就可以買到了。台灣去的觀光客語言不通也沒有關係，墨西哥人拿出標價寫明「100」，台灣客說No, no，然後提筆畫掉一個0，變成「10」，墨西哥人又把「10」畫掉，改成「90」，一副苦苦哀求的模樣，Be fair, amigo。雙方你來我往，買賣一樣成交。

理想與實際的差異這麼大，實在是令人難以想像。在一個這樣爾虞我許的情勢裡，沒有人能了解對方真正的底限。好在我們也有我們的適應能力，在蒂娃娜的攻防戰之中，我們學習到的事情很多，最重要的是，當你看上一樣東西時，千萬不能流露出喜歡的神色，更不能洩漏出非這種東西不可的表情。開價一定要低，最好使你期望的價錢正好介於開價與標價的中間。咬住了價錢，千萬不能輕言放鬆。中途得有一定的鎮定和耐心。好比店主一再說明東西有多好，你就用破爛的英文一再挑剔。萬一店主生氣了，覺得你開這種價錢簡直是侮辱他，就要動武，你也隨時有處變不驚的精神，表示隨時可走，可買可不買。千萬別猶豫，這些都不過是談判的虛張聲勢，沒有人會真正為了一點小錢，費那麼大的力氣的。只要你咬著價錢不放，雖然談判破裂，走出這家店三十公尺，老闆一樣大老遠把你拉回來，笑嘻嘻地賣你這個你覺得低得離譜的價格。

墨西哥人的花招之多實在是你無法想像。好比有一件洋裝，五十元，我們殺成二十元總算辛苦成交。算帳時一副抱歉的表情告訴你，衣服上面的皮帶是六元。你覺得受騙上當，不買了，他又會好心拉你回來，只算三元。想想算了，何必同他計較，遞給他一張五十元大鈔。這回找回來只剩二十五元，正經八百地告訴你多出來的二元是八%附加稅。為什麼別的店沒有附加稅呢？他笑嘻嘻地翻出一本帳目，說明他們每一個顧客都要再加稅。生氣了，不買了，不行。他們是有尊嚴的商店，貨物既售，概不退還。

殺價的快感通常只持續到比較時為止。相較之下，差別實在不大。買到的東西大概只有貴、很貴和貴得離譜的差別。墨西哥人的好商量其實是種陷阱，他們本身是永遠的贏家。走回美國國境，接受官員的盤查，又回到一個不二價的國度。一線之隔，那樣的秩序，高度開發與墨西哥的髒亂對比，教人不勝唏噓。無法理解的是，墨西哥人是絕對聰明、變通與犀利的民族。相形之下，美國人那種「天下第一」的笑容，對事情固執的做法與態度，不免笨拙得可笑。

有人認為美國人的做法雖笨，但是他們的制度使得成就能夠累積。也有人認為不過是這個國家得天獨厚。不管如何，大家一致的看法是，說法與做法的差距，現實與理想的距離，甚至是人與人溝通的方式，可以決定一個國家的成就與進步。

在台北購物、生活總覺得還好，不至於掉進蒂娃娜那種漫無章法的混亂之中。可是說不上來為什麼，每天看報紙、新聞，什麼對大陸政策問題、房地產政策、落後的交通建設、示威遊行、民代退職問題、殘障福利法……隱隱約約有種似曾相識的感覺。有一次我聽見一個激進團體的領袖說：「我知道這樣要求有些過分，可是我總得把訴求開到最底限，這樣我們才有討價還價的空間。」

剎那之間，從蒂娃娜到台北，我忽然明白了那些似曾相識的感覺到底是什麼。我掉進恐懼的深淵裡去了。

座位學

有一位婦產科主任帶著他手下的住院醫師以及實習醫師執行開刀手術。手術的過程並不是十分順利，過了中午，婦產科主任仍然沒有找到囊腫的正確位置。由於耽誤了午餐時間，他吩咐住院醫師們，以及實習醫師輪流下手術台去用餐，可是這時候並沒有人動作。又過了半個小時，總算成功地找到囊腫，並且完成切除。大家欣喜之餘，主任脫下無菌衣，問明了住院醫師的姓名，淡淡地丟下一句：「我很高興剛剛沒有人下去吃飯，要不然我可以確信那個人在我們婦產科的前途就完了。年輕人有時候要多想想，不能光看到事情的表面。」

那位住院醫師心有餘悸地向我敘述這件事情時，我忽然想起自己的一次公車經驗。那回從基隆路搭車要到台大去，搭上公車時，發現眼前有個座位，迷迷糊糊地坐了下來。坐穩之後，才覺得事態不對。原來兩、三步遠的距離，有位老先生走過來要占這個位置，莫名其妙被我這個新上車的年輕人搶了座位，正站在身邊，氣得乾瞪眼。當場一場衝突似乎在所難免。由於老先生看起來是飽經世故、深謀遠慮的人。基於敬老尊賢的原則，我立刻起身讓座，至少在座位上，我不應該搶「贏」這位長輩的……

我很難精確形容事情的演變，這位老先生先是愣了一下（沒想到「贏」得如此意外）。接著笑容開始堆在臉上，他堅持不肯坐那個位置。「你這個年輕人，客氣什麼呢？我馬上就下車了。」不知什麼緣故，我們開始彼此推讓，用盡各種心機以及身體語言，非得把位置讓出去不可，彷彿那是一個燙手山芋。

「我不坐，就要下車了。」老先生很清高地表示。

我們又繼續推讓，我想起報紙上曾經刊載為了搶付帳發生兇殺案的事情，我們的衝突已經由「搶」，變成了「讓」，不管目的是什麼，反正重點在於「贏」，非得「讓」「贏」不可……

無論如何老先生是不肯坐下來的。我坐在位置上，一下子立刻居於下風，十分不安，不過仍然勉強地安慰自己，至少老先生馬上就要下車了。

車子一站過了一站，老先生很得意地站在那裡，不時還回頭瞄我一眼。我有些焦慮，只能希望老先生早點下車……

車子過了舟山路、農學院，老先生仍悠閒地站在那裡，沒有一點下車的意思。轉過羅斯福路到了台大，終於輪到我下車，忽然有種受騙上當的感覺。我恍然大悟，情勢如何逆轉直下，我怎麼輸了這場爭鬥，又怎麼變成了一個魯莽且不識大體的年輕人……

臨下車前，老先生得意洋洋坐回我的座位，譏諷十足以勝利者兼老成的口氣對我說：「年輕人，要學的事還多著呢……」

在死心眼地做過一些事、吃過一些虧之後，想起這些小事，我終於明白了這些複雜問題的結構性。從小我們到別人家裡作客，父母親總是一再告誡，主人請我們坐，或者吃東西，我們一定要懂得察言觀色，不要隨隨便便就坐、就吃。主人不一定是真心請我們，或許他只是試探我們的反應以及教養罷了。漸漸長大，我發現原來我們的長輩以及傳統，是用這樣的方式在教育下一代。而這樣深謀遠慮的做法，使得所有的事情永遠有看似美好的表面，以及實際上並不一樣的內涵。那些懂得玄機、也願意屈服在傳統的人，才有辦法出頭。而那些不懂得察言觀色，或者是不願屈服的人，在不知不覺中就被看不見的力量淘汰掉了……

見過不少人才，不知為什麼，漸漸長大，那些可能會萌芽的東西漸漸都不見了。取而代之的，是許許多多唯唯諾諾、善體人意的部屬，層層官僚複雜系統間的玲瓏人物，科學新知的二手傳播者，挾洋以制內的所謂學者專家，以及仿冒的高手……

當然不見得靠這些人社會就生存不下去了，只是想起這樣深沉的民族，不免有些傷心。照這樣下去，那些開創格局，實事求是，有風格、有作為的人物，恐怕永遠只在歷史課本、宣傳海報，或者是那些美好的表面才能找得到了。

錢，不是問題

根據美國著名麻醉醫師羅納德·米勒（Ronald D. Miller）的統計發現，所有常規性的手術前，胸部X光檢查的幫助並不大。平均的結果，可以發現約兩百萬元美金的費用，經由X光片判讀可以挽救一個病人，延長一年的壽命。換句話說，花費了這麼多的金錢，只有一個人得到好處。米勒問了一個很有趣的問題，如果存活一年的代價是美金兩百萬元，你的選擇會是什麼？

截至目前為止，醫學界並沒有人反對手術前的胸部X光片檢查，因為不管是醫師、技師、軟片公司、儀器公司，甚至是櫃檯的辦事小姐，都可以從這些費用中獲得利潤。一張區區數百元的胸部X光片聽來自然不算什麼，可是隱藏在這個訊息的背後，是更多的超音波檢查、電腦斷層攝影、血管攝影、ＭＲＩ攝影……以及種種推陳出新的儀器、科技。從表面看來，科技提供我們美好的生活、壽命的延長、舒適便利的享受，可是這些美好遠景的背後是，污染造成的癌症死亡率高居第一位，營養過度帶來的腦血管、心臟疾病，生活壓力帶來的精神疾病、自殺……從疾病的觀點來看社會進展，從前我們無法應付傳染病，現在我們仍然無法面對這些慢性疾病。不但如此，節節高漲的醫療費用，更教我們無法消受。驀然回首，原來我們的科技儘管發達，可是相對之下，我們卻變窮了，窮得無法接受治療。

有人不免要問，我們真的必須投入這麼大的花費在醫療上嗎？（目前美國的醫療花費占全國國民生產毛額的百分之十左右，而台灣正在年年上升之中。）從愈來愈多的大型醫院、儀器公司、專業人員……我們實在很難想出讓這些人餓肚子的方法。隨之而來的反醫療情緒漸漸高漲，箭頭都指向醫師的頭上。有些天真的經濟學者依照供需的理論，認為大量生產醫師，讓競爭決定市場，使價格自然下降。這樣認真實行了幾年之後，新的問題又來了，原來當每個醫師所能分配的病人數目減少之後，為了維持既有的收入，只好提高價格。競爭性提高的結果是醫院走向更企業化、效率化的作業。病人面對的是一個冷冰冰的系統，每個專業人員在這裡都只是一個面目模糊、沒有個性的螺絲釘。不斷高漲的費用，以及冷酷的制度、環境幾乎要淹沒了所有呻吟的聲音……

科幻電影裡面有種人類創造出來的機器人，會自己思考，自行擴張，利用他們天賦的能力，反客為主地控制了人類。這是人類長久以來的夢魘，可是靜心想想，如果說醫療、科技，就是我們創造出來的那個機器人，其實並不為過。因為我們都忽略了，其實科技他們自己會長大，並且挾著人類虛榮、功利的弱點，不斷地侵略、擴展，直到我們全盤投降為止。

這些事，不由得讓我聯想起連續劇裡面那個只會用聽診器的醫師。聽了半天，起來搖搖頭，告訴劇中家屬病情嚴重，可能需要很多錢。頓時劇中人物立刻陷入困境，牽掛出許多新的情節。然而，不管如何，家屬都會咬著牙根告訴醫師：「請你用最好的藥，錢，不是問題。」

從小電視看到大，一、二十年過去了，對白仍沒什麼改變。像是人類對科技的心情。這使我感到沮喪。我喜歡科幻片裡的結局。不管機器人再怎麼囂張，總有個不屈不撓的英雄出現（或許他身邊還有個美女），機智而勇敢地打倒了機器人的統治，恢復人類的尊嚴……

而我們自己的英雄到底在哪裡？

未完成的悲劇

技巧高明、人情練達的作者，為了完成愛情、榮譽或者友情，很容易設計出動人的劇情，寫著寫著把故事往悲劇裡推，變成了毫無迴旋餘地的絕地，這是我極害怕的事。

我曾在急診室看到很多未完成的悲劇，有和丈夫吵架的妻子一時想不開，開了瓦斯，抱著三個孩子一起悶死在屋裡。和男友分手的少女，咕嚕喝下一大罐鹽酸燒掉食道，一輩子都靠鼻胃管餵食。還有上吊、割腕、舉槍自戕、溺水的人……

生命當然也可以這樣薄弱，甚至是一文不值。只是看多了這些未完成的悲劇，我不免多想，從生活的角度來看，除了愛情、榮譽、友情等等，其實還有好多事情要去斟酌。

一生下來，人們就忙著促銷那些永恆的真理、相愛不渝的愛情、偉大的意志、心靈的喜樂……我們相信了，卻看不到，非得把自己轟轟烈烈活到盡頭不肯甘心，那些虛幻追逐的苦，真是沒完沒了。

我很害怕自己寫作，無形中也掉入那些偉大的陷阱裡。畢竟大部分的人都只是平凡的人，負擔不起這些偉大的後果。我們一方面鼓舞這些看得見的情操，是否我們也承擔得起這些看不見的後果呢？

未完成的悲劇多過真正的悲劇。人們嘲笑未完成的人，卻讚揚完成的人。殊不知，這些微弱的讚揚是多少其他的人一生一世的辛酸、悔恨與羞辱換來的？

有愈來愈多的人，為了自己不確定的激情，走上這條路。不看受苦受難的人，光是圍在周圍焦急、嘆息、忙得團團轉的人，就夠教我心寒。從前我們害怕的是肺結核，現在我們害怕自殺。肺結核是空氣污染，自殺是傳播媒介傳染。自殺是我們這個時代的流行病，很容易把一個人從生活中抹掉，死亡率及預防都比結核病差。

什麼時候把這些人拉回來讓他們面對自己的生活呢？也許我們這個世界真正需要的是大多數的平凡人。許多寫絕的悲劇，儘管動人，儘管觸及我們生命悲苦的真相，站在某種立場和角度，無論如何，我是不願意同意的。

轉變

大學時代認識一個朋友，人絕頂聰明，生活一直順利，沒遭受過挫折，可惜太精明了，變得非常虛無。整天晃來晃去，從沒到教室上過課。

他賃屋住在四樓，正好三樓撞球場，二樓麵店，形成一個自給自足的生態。他習性晝伏夜出，每天睡到正午才起床，哈個懶腰走下二樓吃麵，吃完回來又繼續午睡。總要睡到下午三、四點，聽見樓下撞球店人聲、球聲鼎沸，才肯起床。此人平日冷僻，偏偏撞球店裡有許多稱兄道弟的同道。桿子架起來，青紅皂白、各種色球，晚餐也忘了，非到夜裡九、十點才見勝負。輸贏了賭金，拿到二樓去消費，消夜才正開始。酒的喝法是保力達B加米酒，和原住民一模一樣。小菜吃得不多，酒卻一打接一打。鬧到夜裡三、四點，老闆收攤趕人，才肯爬回四樓，酩酊大睡。

日復一日，一學期過一學期，他竟也能混過去。最高紀錄是二十八天沒有踩過平地，整個人在二樓到四樓的空中飄來飄去。

和他談正經事，三兩句就把問題擋開，乾淨俐落，好教人佩服，彷彿在他的虛無世界沒什麼問題與痛苦。一見到我，抱怨不停：「一睜開眼睛想吃、想玩，都花錢，睡覺反而好，什麼都不管。到了一個地步，不花錢就算賺，又自在又賺錢，多睡一點最實在。」見他嘻皮笑臉的德行，什麼脾氣都沒有，只想罵……「你去死。」他倒也欣然。

有一次，他喝過頭，清晨七點多還沒睡著。大概覺得寂寞，想到學校上課，看看老朋友。不料一出門讓汽車撞個正著，跌在地上，顏面骨摔得粉碎。奇蹟的是竟沒撞死，昏迷了一個禮拜，讓外科醫師一點一滴把他救回來。甦醒以後見到人就痛哭，為什麼不讓他死掉算了，他一點痛苦也沒有，現在醒了，又是那些沒完沒了的事……

朋友怕他崩潰，輪班來照顧他，沒白天、沒晚上的。住了一個多月，醫師哄他、護士哄他、朋友也哄他，除了左側顏面知覺麻痺、眼睛複視外，人全好了，高高興興地出了院。

休學一年，又回來上課，變了個樣。人人都說這一撞，把原來錯接的神經都接回來了。我去看他，也覺得不可思議。整個人恭恭敬敬、誠誠懇懇。講話、做事都一步一步踏實地來，把聰明全收斂起來，也沒有從前漠不關心的超越和瀟灑。我覺得他變笨了，有些失望。提起舊事，他告訴我：「也不知道為什麼，那麼接近死亡以後，想法全變了。」我聽了笑笑，並沒說什麼。

去年冬天，我在加護病房值班，有一次一個晚上過世了六個病人。整個晚上沒合過眼皮，忙得不可開交。奇怪的是清晨交了班躺在床上，疲憊交加，卻睡不著了。我坐在窗前抽菸，煙霧中，朦朧地想起他告訴我的話。

那年冬天，我變得很不快樂，常常想自己的心事。到了大年夜，我在急診室值班，聽見外面響起爆竹聲，彷彿第一次聽見了時光流過去的聲響。不知為什麼，我忽然弄明白那句話背後的意思，我變得很害怕，有種想哭的衝動。而新的一年卻帶來快樂的包裝，耀眼繽紛地來了，擋都擋不住。

紅包事

醫院似乎是一個和紅包最難脫離關係的地方。病人住院之前，往往得多方打聽，哪位醫師是哪方面專家？住院需不需要事先打點？走人事呢，還是走紅包路線？如果是送紅包，得送多少？怎麼送？送到哪裡去？一旦住了院，傳聞又不少。有人說，得再送麻醉醫師、檢驗部門醫師紅包，否則，即使排定開刀日程，往往也是一拖再拖，或者乾脆就是麻醉之後，大牌醫師不親自上場，丟給助手去開。反正住院之後，風聲鶴唳，謠言傳聞一波跟著一波，紅包送了不甘心，不送又不安心。

在醫師方面，認知完全不同。當然醫師也分成收受紅包與不收紅包的醫師。不收紅包的醫師暫且不談，收受紅包的醫師多半在公家醫院，有一定的醫療水準以及超額的病人，加上辛苦的工作時數與不成比例的薪水。這個傳統是由日據時代遺留下來的習風，一個好的醫師並不以收受紅包為恥，甚至覺得紅包的多寡代表一種榮譽。當然，這種情況下，病人不送紅包，也不會遭受差別待遇。

隨著時代轉變，醫技的進步神速，可是在這方面的觀念上卻進步緩慢。因此，雙方認知形成了極大的差異。認知的差異，又造成雙方緊張的關係。有個外科同僚不相信我的話，對他的病人做了一個統計比較。這他對病人宣稱，送紅包者一律等到病癒、出院前送來，他才肯接受。這麼厲行之下發現，原先十個送紅包的病人，現在差不多只剩下一個人左右了。在大嘆人情現實之後，他也恍然大悟，原來並不是每個來送紅包的人都是心存感激的。

那麼不收紅包是不是就解決問題了呢？在目前的環境之下恐怕未必那麼簡單。我本身是一個麻醉醫師。在台灣的麻醉醫師並無事前訪視病人的習慣，我碰到特殊的病情常常有事先到病房訪視病人的習慣。這時鄰床的病人就會暗示病家，別人的麻醉醫師都不來，你的麻醉醫師來了，這是暗示你，病情複雜，來向你要紅包了。果然，我做完一般性的檢查與說明之後，病家一路追了出來，嘩啦啦地在醫師服口袋裡塞下一疊新台幣。拉拉扯扯，無論如何強硬、如何說明，都無法逃脫。弄得圍觀的人不少，我只好拉下臉來，沉沉地說：「我是公務人員，你何苦這樣逼我。」這才解決。可是事情並未結束，這位病家又千辛萬苦打聽出家裡的住址，送上禮盒與新台幣，連連抱歉：

「對不起，今天下午弄成那樣的場面，害醫師您好尷尬。」

這種情形，嚴重到許多病家，非得醫師收了紅包，不能安心。一旦醫師不收紅包，立刻認為自己方式不對，不免緊張、焦慮。

有位慈善的醫師，病家紅包上來，一概全收。等手術之後，再將紅包一一發還。然而這種犧牲自我的精神，畢竟有一定的風險。尤其是榮星花園弊案爆發，被告周陳阿春收賄之後，再予退款，仍無法免除刑責，此一案例一開，所有敢以道德標準自許的醫師，立刻遭受迎頭一擊。

根據某大醫院統計，收受紅包最嚴重的情形是婦產科，尤其是產房。喜氣洋洋的一件事，送給醫師一個大紅包，這算是喜事、還是行賄呢？從風俗習慣到法律規章，恐怕是見仁見智的事情。而送紅包真的是百利而無一害嗎？這恐怕也不見得。醫師收了紅包，責任感重，非得親自來接生不可。筆者就見過三更半夜，醫師一時趕不過來，手下的助手醫師想盡辦法把孩子塞著不放，等待收受紅包的醫師前來作秀的慘狀。

研究人類學的學者認為「禮物」是人類行為的一種基本結構。禮物的交換，代表的可能是一種欲建立、維持，或改善關係的表示。李維．史陀甚至進一步指出，婚姻的起源來自於群體間，女人之交換，目的在使猜忌的兩個團體之間的緊張化為互助式的合作。這種限制性的交換，漸漸成為普遍性的交換，就是我們所說的婚姻了。

因此，不管從物到人的交換，送禮、送紅包似乎已經成為人類行為的深層結構。在這一個結構上，定義合法與非法，似乎不是那麼容易的一件事。儘管如此，法律的基礎在於共識，共識可以解決彼此之間的緊張，化摩擦成為和諧。

看來，醫療體系內這筆紅包的糊塗仗恐怕還有待更深入的談論、更一致的想法，更少的猜忌、緊張、對立與更多的關懷與包容，才有完全釐清的一天。

新鮮的血

到了深夜十二點多，肝臟移植的手術仍在持續進行中。開刀房三〇八室內燈火通明。手術從下午五點鐘就開始了，才快完成三個階段中的第一個階段，把原先的肝臟從周女士的身上取下來。李伯皇醫師喊著要喝水，流動護士開了一瓶百分之五葡萄糖點滴插著吸管給他吸。其他的外科醫師都支撐著。手術一直沒有停過。因為血液一直在往外冒，每一分鐘的暫停，或者是一針的失誤都必須付出相當的代價。

站在外圍椅子上最高的是外科陳楷模主任，他是這次手術的召集人。出了名的外刀兼急性情。六十歲的年紀了，徹夜守在那裡，一會兒站上椅子去指揮戰況，一會兒又去看看泡在冰水裡的新鮮肝臟，又看看血壓、心跳。他是最資深的外科醫師，總是一副「見過世面」的表情，不能像年輕小伙子那麼毛毛躁躁，因此做出輕鬆愉快的表情，偶爾也到休息室去應付記者，或是一些來賓。可是眼睛總沒離開過電視傳真上的螢幕，一見情況不對，立刻又進到開刀房裡面來，大嗓門嘩啦嘩啦一陣指示……

血液已經輸入了一萬西西左右（一般人正常的血量大約是五千西西），從手術台延伸出來的是一條內氣管、兩條十號管徑點滴線、一條中央靜脈線、一條肺動脈導管、兩條動脈導管。麻醉醫師分成四組，各掌管呼吸、循環、輸液，以及血中各項成分的測試。由於血液的流失很快，必須不斷地補充，一袋一袋的血液吊掛在點滴架上，都是靠著人力擠壓進去，才足夠補充的速度……

在更外圍的，是開刀房護士、麻醉護士，用大水桶加溫水，加溫一袋一袋的血液，免得從血庫出來的冷凍血液輸入造成病人的體溫急遽下降。有的人在計算輸液，有的人忙著遞送器械，人潮穿織，十分忙碌……

手術持續進行著。做好了股靜脈至腋靜脈分流之後，夾住了門脈靜脈、下腔靜脈、肝動脈之後，整個硬化的肝臟就準備切除下來，這時候流血十分激烈，必須靠不斷地血液輸入才能維持循環平衡。只見手術台上抽吸出來的血流嘩啦嘩啦，手術台下一袋接著一袋的血液掛上去，不停地擠壓、輸入……

肝臟移植發展得比心臟移植還晚，大部分的經驗來自匹茲堡以及劍橋，而真的突破還是八〇年以後的事。因此在台灣，肝臟移植可以算是極新的嘗試。而外科止血的問題，大量的血液輸入，以及凝血，都是極大的困難。血流比預計的還要多，過了不久，血庫準備的一萬多西西血液就快要供應不足了。這時候，負責對外聯絡的人員立刻對外發出捐血的呼籲，並電話各部隊、機關，以及廣播電台代為緊急廣播……

整個麻醉科的醫師都動員了。其中許多人是前一個晚上的大夜值班，連續工作至少超過了四十個小時以上，可是仍然很有興致地在其中穿梭、輸血，以及各種工作。陳醫師看起來瘦瘦高高的個子，抱著手站在病人頭部的位置，看著一切進行。他說話很少，沉思著什麼似地，偶爾會提示大家注意：「注意一下血鈣。」有人抽血去檢驗，果然是偏低了，需要立刻補充。

過了不久，血庫的電話進來了。

「陳主任，不得了，來了好多學生，年輕人要捐血，我這邊人手不夠，可不可以派幾個醫師過來幫忙？」血庫負責人的聲音。

「到底有多少人？」陳楷模主任問。

「差不多來了六十個人。」

「廣播外科值班的住院醫師通通過去幫忙抽血。」

六十個人？手術室裡面四、五十個工作人員聽到，一片嘖嘖之聲，竟有這麼多熱心人士。

整個晚上，台大醫院的急診手術不斷。胃穿孔、盲腸炎、剖腹產，都在隔壁手術室同時進行。別科來開急診刀的醫師走過，也熱心地探問進度。

「肝臟拿下來了沒有？」

「已經夾住血管，快拿下來了。」有人告訴他們。

「流血多不多？」

「還好，現在血庫來了許多人捐血。」

新鮮的肝臟用冰塊泡在保存液裡，看起來鮮紅而細嫩。傍晚五點多才從一位年輕孩子的身上取下來。他經歷了一場殘酷的車禍，無法再挽回。經過腦死認定之後，只剩下心臟還在跳動。他們從他的身上取下了眼角膜、一只腎臟和一只肝臟，然後他的心臟一下一下地變慢，漸漸停止了。時間帶走了一切，只把他無盡的遺愛留在這裡。

手術，仍持續進行著。整個黑黑髒髒的硬化肝臟這時從病人身上取下來，止血與輸血的工作更加緊地進行著。

不久，血庫的電話又來了。

「陳主任，不用這麼多的醫師，你叫他們留兩、三個幫忙就好。」

陳教授聽了笑一笑，沒說什麼。

兩點多的深夜，看來手術非得持續到天亮不可。血庫抽好的鮮血漸漸運送進來。那些血液，拿在手裡溫溫熱熱的，教人有種說不上來的感觸，彷彿血液本身也有脈，自己會跳。看過了太多人批評這一代是冷漠、現實、感官享樂、沒有文化思想的一代。自己在理想與現實之間一次又一次的挫折，幾乎就要相信了那樣的論調。可是這些從年輕人身上流出來新鮮而溫熱的血，卻教人不至於絕望。

太多要緊的醫療工作教人沒有時間去思考手術背後那些深刻的生命、人文問題。各方並不看好這次手術，因為病人的肝硬化已經到了末期，又合併了腎衰竭、敗血症。肝臟移植算是孤注一擲唯一的一條路了。手術持續進行著，看著在我面前忙碌的所有人員，包括外科、麻醉醫師、護士小姐，還有捐肝、捐血的人，都不過是二、三十歲的年輕新生代。不知為什麼，莫名地又對這一切興起了一絲光明的想望……

科學家與新聞記者

沒事翻翻報紙，不稍克制一點，常常眼鏡就要跌下來摔破。別的不說，就拿我的老本行醫學而言，常常有報導說日本某某發明了治癌的藥物。再不然，法國科學家找到了治療ＡＩＤＳ的方法。仔細追究，不過是一點初步研究的蛛絲馬跡，新聞記者立刻熱心地把它「創造發明」出來。從事傳播、報導的人，竟熱心地去「創造發明」，實在教人哭笑不得。可是做為一個學科學的人，反省起來，總覺得這還算好。更糟糕的是，大部分應該從事「創造發明」的科學家，多半都沒有什麼研究、發現，竟把大部分的精力拿來從事採訪、傳播、報導。

如果你不相信的話，只要隨便找個什麼學術討論會，或者什麼科學學會，坐下來，不管你聽得懂不懂，你一定可以聽見所有說話大聲的專家、學者，一定都是這麼說：我們在波士頓的時候……去年我在約翰．霍普金斯看到的……再不然是我在哈佛的老師×××發表的論文顯示……萬一此人是來自美國現場的教授，擁有自己的一手資料，那絕對是威風八面。萬一你聽到有人發表自己研究的成果報告，先別高興，儘管去問他，此人必然得意洋洋地向你宣布這個研究最先的 idea 是來自美國哪裡哪裡哪個學院的系列研究成果……

物理學大師費因曼教授在巴西講授物理學時，他發現一個很特別的現象，那就是所有的學生都能很迅速地回答教科書，甚至是講義上提及的問題，可是當這些問題被轉換成另一種形式時，他們甚至連最簡單的道理都不能回答。於是他認為這些學生只懂得文字本身的意義，至於文字後面所蘊含的科學，卻沒有人能夠了解。

我必須先聲明，這些學生都是屬於研究所、博士班的高級研究生。

當他試著去改變這個現象時，他發現困難重重。原因之一是一旦他希望有人上課遇到不懂的地方舉手發問時，別的研究生立刻會抱怨這個人打斷了所有人的學習，影響了他們的進度。當他們抄了一大本厚厚的筆記回去，事實上，並沒有人真正懂得所謂的科學。可是，這些人，以一種超乎常人的毅力與耐心，記下來這些零碎而不連續的資料，並以一種不可思議的方式通過考試。

這些巴西辛苦培養出來的科技人才，這種程度與水準，自然不可能有什麼卓越的表現或貢獻。於是他們大部分人的出路，便是留在巴西，以他們所認為的科學，來教育巴西的下一代。科學唯一的出路變成做為當地最偉大的學閥與派系⋯⋯

打著科學旗幟，卻又不懂科學的科學家，無法創造發明，只好道道地地成為一個記者，定期派人到科學的發源地採訪一些新知識，傳播給下游更一知半解的人，然後這些人再傳播給更下游的人。藉著資訊的控制，來維護這一層一層科學官僚體系。在這套系統裡，真理到底是什麼不再是重要的事，每個人都想從下游往上游擠，想盡辦法更靠近知識的發源地，控制更多最新的資訊。

有一個大家一直想不懂的問題是，台灣現在有錢了，買的儀器、經費、設備都不輸別人，為什麼科學研究一直不見起色？事實上，再多的金錢，投入這個官僚體系的無底洞，除了造就出更多的科學記者、更堅強的官僚體系之外，我們仍然和巴西這些國家沒什麼兩樣。

大家都知道我們的科學界需要改革，可是話題永遠在經費、人才外流、年輕人過度現實……這些浮面的問題打轉。到底誰來把這套根深柢固的官僚從根挖起，讓科學人面對自己，使學科學的年輕孩子真正喜歡科學，不再受到扭曲？使科學真正成為一個為人類創造福祉的利器，而不再是官僚體系的御用工具？

科學家一頭鑽進一個和平中立的理想國度，可是沒想到到頭來，仍碰上不變的問題——人。每次我大談理想，便有人對我潑冷水。有句話最教我心寒，他說——所有的改革都是受歡迎的——只要它不妨礙別人的利益。台灣漸漸富裕了，可是事實上，世界的形態已經從軍事到經濟，慢慢演變成以科技控制的帝國主義形態。我們因為有錢而沾沾自喜，不肯根本地去改變自己的內在結構，根本上，仍然是一個殖民地。

李遠哲博士得諾貝爾化學獎之後，接受林俊義教授訪問中有一段對話：

「你說過拿到博士後曾想回台教學研究。如果當時回去了，今天會拿到諾貝爾獎嗎？」

「我想不會的，不會，絕不會，絕不可能！」李教授的語句一句比一句堅決。

想想有點悲哀。李教授得獎時，台灣聽不見任何反省，報紙滿天都是中華民國的偉大教育、成就、光榮……再這樣下去，我們只好、永遠等待。等到下一位美國培養出來的台灣人再得諾貝爾獎時，中華民國科學界的光榮，恐怕仍得煩勞偉大的新聞記者幫忙「創造發明」了。

別射我，我並不同意……

於是我們只能眼睜睜看著病人死掉，無法進入手術房，也沒有加護病房床位，一點別的辦法也沒有。病人的太太淡淡地說：

「我不恨撞倒他的司機，司機是無辜的。可是我恨你們這些可惡的醫生。」

急診室忙忙碌碌都是人，不斷還有救護車送病人進來。可是病房、開刀房、加護病房的容量早被占滿了。自從勞保宣布要實施甲、乙、丙表，企圖打壓醫療費用之後，問題便愈來愈嚴重。更多的儀器、更新的設備、膨脹的醫療費用，使得醫療成本根本無法控制。大部分醫院精打細算之下，決定拒收勞保病人。許多勞保病人求助無門，只好大量湧入我們這種必須堅持政策的公立醫院，原本就有許多問題的醫院、無法負荷這種工作量，於是大量護理人員離職，士氣低落，服務品質不良、醫病之間關係惡化……

醫療品質嚴重惡化早已經是不爭的事實。台灣的醫療體系，漸漸走上了美式商業消費的道路。這種注重行銷、講求成本的觀念，和工廠的生產線沒什麼兩樣，於是有了各種精密的分工。效率化的結果，病人經簡單的篩檢之後，就分配到各生產線上。這條生產線負責腎臟，那條生產線負責心臟，各司其職，各不相干。每條線上的醫師，都只不過是機器中的一顆螺絲釘，在固定的位置上，發揮固定的功能……

面對這套冷冰冰、毫無人性的系統，認命者有之，批評者有之。動用人事關係，大送紅包，周旋其間，來去自如的病人亦有之。沒有辦法的人，竟只能忍氣吞聲地吃虧，恨在心裡。

身為醫師，成為一顆標準的螺絲釘。每日在這些漩渦裡面打轉，送紅包蓄意巴結者有之，家屬交相指責有之，甚至流氓揚言要殺掉全家亦有之……

「你們這些醫師，根本沒有醫德，看病人死掉，你們根本麻木了，對不對？」

「我辛辛苦苦排隊排了三、四個小時，你抬頭看都不看一眼，一、兩分鐘就把我打發了。」

「生了一個病，從心臟科轉到腎臟科，又轉到內分泌科，我像個皮球，到底你們要踢到什麼時候？」

根據最近的美國新聞與世界報導指出，全美申請醫學院的學生急遽下降。計算教育成本及報酬率，醫學院遠落在工、法、商學院之後，這使得美國醫學院必須在一．六人之中錄取一個人進入醫學院，有志之士已經開始擔心醫學教育素質降低將帶來的問題。我國醫療體制，向來跟著美國亦步亦趨。曾幾何時，醫療消費這塊商業大餅，已被紊亂的體制、高漲的費用破壞得面目全非。可以想像，這些癌症似的問題將不斷擴散，直到唯我獨尊的白色象牙塔，以及醫師的美夢完全解體為止。

做為這個醫療機器的一顆螺絲釘，我時時感到害怕。當這個機器殺人時，難道一顆螺絲釘就能免於罪惡感嗎？醫師聽到指責已經不是什麼奇怪的事。而每次面對這些指責，我總想起電影《傻瓜入獄記》裡的伍迪．艾倫。他因犯罪被送入監獄裡，與七個被判死刑的江洋大盜用腳鍊鍊在一起。這幾個死刑犯利用押解犯人的途中，越獄逃脫，因為腳鍊捆在一起，只得一字排開、一起奔跑。當警察追來，以步槍狙擊時，伍迪．艾倫邊跑邊慌張地回過頭高喊：

「別射我，我並沒有同意……」

或許我們需要的是徹底體制外的醫療改革，使得我們擁有一個更接近人性的醫療環境。否則，我相信，在這個系統裡，無論個人再怎麼努力，很快就被錯綜複雜的問題淹沒，成了一個一無是處的醫師。而「別射我，我並沒有同意……」將永遠成為我們最後的藉口。

夢想的代價

一八八四年十二月，美國鄉下一位二十九歲的牙醫師威爾斯（Horace Wells），帶著太太莉莎花費兩角五分買了門票站在人群中，愉快地觀賞江湖郎中的笑氣表演。不信邪的志願者上台吸了笑氣之後，開始神志恍惚，做出大笑、唱歌、喋喋不休……各種令人捧腹的舉止。

威爾斯注意到有個志願者吸了笑氣之後，腳脛撞到桌角，血流如注，卻一點都不覺得痛，渾然忘我到處遊走。他開始想，是不是可以用這種氣體來幫助拔牙？這個沒沒無聞的年輕人當時可能並不明白這個想法的偉大，以及它如何改變了人類醫療的歷史，當然，他更不知道，這個想法是如何注定了他一生的悲劇。

連施行笑氣的郎中卡登（C. Q. Colton）都覺得威爾斯的想法荒謬無比，但威爾斯並不氣餒。他找到自己的同行好友雷格斯（J. M. Riggs）來幫忙，於是人類史上第一次的麻醉手術就這樣開始了。任務分配的結果雷格斯擔任牙醫，卡登是麻醉師，最熱中的威爾斯自然責無旁貸成了實驗動物。

在此之前，麻醉事實上是人類最奢侈且最遙遠的夢想。拔牙手術通常在病人的尖叫與哀嚎之中完成，甚至休克、死亡也是時有所聞的事。沒有人確切地知道當笑氣吸入到麻醉昏迷的劑量，會有什麼後果。雷格斯從麻醉的威爾斯口中拔出牙齒時，他一點反應也沒有。有一度他們很擔心，萬一威爾斯死了怎麼辦？可是威爾斯畢竟還是從麻醉中恢復過來。不但如此，他高興地大叫：

「偉大的發現，偉大的發現——」

往後的十幾次無痛拔牙的臨床經驗使得威爾斯遠近馳名，許多人紛紛前來求醫。有人勸他趕快申請專利好大撈一筆，但是威爾斯志不在此。這個虔誠基督徒認為這一切是神的啟示。他說：

「讓它像空氣一樣免費吧（Let be free as the air）！」

不但如此，他還將之積極推廣。不久，有人將威爾斯及他的發現介紹給哈佛大學著名的外科醫師華倫教授。德高望重的教授對這個鄉下來的開業醫師自然是半信半疑，特別是這項發明還來自江湖郎中的表演。

儘管如此，華倫教授還是安排了一節「特別演講」的時間給威爾斯。於是在講堂上，威爾斯身兼講師、麻醉師、牙醫師，當場示範起來。接受拔牙是大學部的學生，而台下聆聽的學生幾乎都抱著懷疑的心情……

如同往常一樣，病人吸了笑氣之後，漸漸昏沉，失去反應，雙眼鬆弛、雙手下垂……威爾斯顯得有些緊張，他抓緊拔牙鉗，伸進病人微張的嘴裡，台下沒有一點聲音——

「啊——」這時病人發出的一聲慘叫，打碎了威爾斯的夢想。學生先是愣住了，接著笑鬧成一片。幾分鐘以後，威爾斯在所有人的噓聲以及嘲笑中，落荒逃離哈佛。

這一聲大叫，足足使麻醉以及外科技術的發展延後了兩年。身為一個麻醉醫師，以現代的麻醉知識，我可以很容易地發現：一、笑氣的濃度因為呼吸設備的關係，並不容易達到麻醉深度。二、在淺麻下，病人的反射動作可能比清醒時還要強烈。這些問題，其實都是很容易改正的錯誤，然而在當時卻不是簡單的事。

威爾斯的後半生幾乎在悔恨之中度過。他認定示範的失敗導因於吸入氣體濃度不夠，因此重複地在自己身上做同樣的實驗。

「明明有效啊！」他一再地質疑。

大部分的病人都對他熱心推銷笑氣的瘋狂態度敬而遠之。威爾斯漸漸變得固執，不易接近。他唯一能做的事，是一再地以自己做實驗來印證最初的理念。然而，再也沒有人相信這種江湖郎中的把戲。

過度的笑氣腐蝕了威爾斯的身心狀態。到了最後，他幾乎瀕臨崩潰狀態。警官在紐約的街頭，發現威爾斯語無倫次地謾罵，並持硫酸瓶攻擊來往的路人，只好將他逮捕，送入牢房之中。

威爾斯在牢房漸漸冷靜下來，他留下了兩封信。一封給法官，陳述自己的罪行，另一封則給自己的愛妻莉莎，為自己無法維護自己的家庭感到抱歉。

他的堅持導致他的瘋狂。

在一個寒冷的夜晚，威爾斯以刮鬍刀片切斷自己大腿內側動脈。他死的時候只有三十三歲。

威爾斯的夢並沒有因這樣而停止。當年在哈佛講堂上有一位叫莫登（William Thomas Green Moton）的學生，目睹了全部的情景，拾起威爾斯最初的構想，仍然不斷地去開發氣體麻醉的可能性。於是漸漸有了今日整個麻醉與外科的新領域和新天地。

笑氣（N_2O）今日已經成了大部分手術麻醉必用的藥物。並非所有接受麻醉的病人以及施行麻醉的醫師，都知道威爾斯的夢想和熱情。但沒有威爾斯的堅持，或許今日的醫學仍然停留在十九世紀的風貌。

人類因有夢想而偉大。威爾斯至死也許尚不知道，他所肩負的苦痛，事實上正是一個夢想，一個關於人類更美好未來的夢想。

沒有一個夢想不需付出代價。夢想的代價有時十分悲慘，然而比這更悲慘的卻是沒有夢想。

閒散

最愛吃飽沒事，閒著晃來晃去。

人，似乎總要上過當，才會學得一些教訓。現在驀然回頭，總算看見了那些愛情、榮譽、幸福、財富背後的繩圈。生命是誘惑的組合，總是有人拿美好、遙遠的明天來與你交換今天。一不小心，相信了什麼，繩圈就上了一層，愈掙扎愈緊，一圈又一圈，終於教人動彈不得了。

我當實習醫師時，曾經陪過一個癌症病人在人工湖畔散心。他語氣深沉地告訴我：

「我從來不曾無憂無慮地看過湖水。」

這句話給我很深的警醒，我懷疑終有一天，要閉上眼睛時，我會不會後悔同樣的事？後來我見過許多比那更悲慘的事，而感觸竟是說不上來了。

原來殺氣騰騰地替自己掙來那麼多的時間與空間，不過是為了要大把大把的花費。最愛是閒著沒事，牽著自己的女朋友散步；是和不勉強的朋友閒話家常，是坐滿一屋子的親人，說些無關緊要的話，看父母臉上的歡顏。有時什麼都不是，就坐在街頭看人。色彩繽紛、意氣風發的人，行色匆匆、事業繁忙的人……看著有喜歡，也有沉痛。有時候看著、看著，竟有淚的感覺，可是那無關聲色……

就是愛閒著，那樣晃來晃去。川流不息的人潮，再偉大的事業，何嘗不過是晃來晃去呢？不同的不過是心境。身是眼中人，畢竟不得已。做旁觀者倒好些，可以笑笑別人癡，還笑笑自己傻。

惡之必要

有個關於中國典型的官僚故事是這樣。

一個外科手術小組熬夜開完刀走出開刀房，外科主任看到月亮，瞇著眼睛說：「好刺人的陽光。」

他才說完，年輕的住院醫師立刻不以為然地指出：「報告主任，那是月亮。」

「住院醫師懂什麼呢？」總醫師立刻打斷他的話，一邊說一邊掏出手帕擦汗，「陽光真是刺眼。」

話還沒說完，主治醫師已經把手邊的洋傘撐起來了。「主任，你慢走。這天氣熱。」

類似這種諷刺意味十足的故事或者書籍，我相信古今以來，中國至少可以找出一整個圖書館那麼多的資料來。這種以官僚顛倒是非的作風，自從賽先生（Science）引進中國以來，似乎得到了改善。改善的原因並不是官僚學會了收斂，而是賽先生已經漸漸茁壯，成為另一種技術官僚，足以和行政官僚分庭抗禮了。再說一個故事。

那是五年前，我還是實習醫師的時候，有位官員浩浩蕩蕩帶著一群隨從到醫院探視他的父親。這位父親才開完胸腔手術，躺在床上。他的胸部插著引流管，接引到地面上的引流瓶去。

引流瓶主要是利用負壓，以及虹吸管的原理，把手術後肋膜腔內分泌的液體、空氣抽吸出來，以維持肺部的膨脹與良好換氣。這位官員在噓寒問暖一番之後，對引流瓶發生了興趣，就想蹲下去看。頓時左右隨從、幕僚引起一陣騷動。堂堂的政府要員，怎可為區區引流瓶折腰呢？說時遲那時快，立刻有個機警的首席幕僚隨即蹲下去捧起了引流瓶，必恭必敬地端到官員面前。

看慣官僚的人自然不以為怪，本來就是不正常的體系中很正常的一幕。偏偏小護士叫了起來：

「哎呀，那個引流瓶放在地上，是不能拿起來的——」

這句話提醒所有人，引流瓶的另一端是接在官員父親身上。頓時技術官僚體系獲得初步勝利。首席幕僚知道麻煩大了，捧著引流瓶站在那裡，一動也不敢動。

「現在該怎麼辦？」大家紛紛把目光投向小護士身上。

小護士知識有限，她認為事態嚴重，慌慌忙忙出去聯絡醫師。大家愣在病房裡，呆若木雞，只聽得廣播一陣一陣急找醫師。幕僚捧著引流瓶站在那裡，臉色一陣青一陣白，不曉得這回闖下的禍到底多大？

過了十幾分鐘，整個醫院雞飛狗跳地把主治醫師找來，整個威風八面的官員群仍捧著引流瓶在那裡罰站。

「現在該怎麼辦？」

「既然拿起來，」主治醫師總算揭示答案，「把它放下去就好了。」

至此，代表技術官僚的醫療體系大獲全勝。行政官僚與技術官僚屢次交手，結果差不多都是這樣。這些年來，愈來愈多的專家幾乎主控了我們的傳播、生活以及思想。專家決定我們要不要建核電廠；專家教我們怎麼談健康的愛情；專家決定稅率、利率各是多少；專家決定我們能不能吃什麼東西……技術官僚幾乎有凌駕一切的局面。在舊式的行政官僚裡，我們總還有一些簡單的常識，諸如廉政、親民、便民、仁義道德……可以作判斷。可是在專家的世界裡，我們永遠是白癡，讓專家牽著鼻子走。同樣的官僚，不同的內涵，我們似乎愈活愈慘。

是不是行政官僚就此式微呢？恐怕我們也過慮了。事實上，如果官僚系統是維持社會組織必要之惡，那麼我們最好的選擇也不過只是選擇一個較少的惡。我們提到的這位官員這幾年不但官運亨通，並且步步高陸。前幾天我看電視，終於明白他的成就並非完全沒有道理。他表示：

「關於這個問題，我們曾經請了多方面的專家來做評估。我們統計歸納的結果得到兩種意見。一種認為這個方案可行，另一方面的結論卻認為這種方式不好。因此，目前，我們邀集了更多的學者專家，再做深入的評估與討論……」

一個人能從教訓中學到經驗，自然是一件好事。然而這種混合行政官僚與技術官僚為一體的堅固體系，根本讓我們別無選擇。官僚的分化與結合如此地迅速，教我們不禁要讚歎，又要悲傷了。

緬甸的大象

報上有位專欄作家，鼓吹女性應該順應消費潮流，做一個跟得上時代的人。打開電視，翻開報紙，到處都是這種時代的潮流。包括高品味的餐廳、名牌服飾、皮衣、名牌汽車、花園別墅、電器設備、洗髮精、香皂、香水、化妝品……說不完的行頭，用不完的品味，套句電視行話：如果連這些都不知道，那麼你就落伍了。

我記得小學教科書裡面有一種緬甸的大象，能夠幫助人類搬運森林砍伐下來的木材。做完了一天的工作，大象懂得向老闆要工資。拿了工資以後，還會向老闆買酒。老闆給的酒不管是分量或者濃度都必須恰到好處。萬一少給了，或者是摻水了，大象頓時賴在那裡不肯走，直到一切正確了才肯罷休。大象喝了酒，十分愉快，仰天長嘯，搖頭晃腦滿意地離開。

小時候讀這個故事，佩服得不得了，覺得大象真是聰明的動物。漸漸長大，更佩服的是人。到底是誰把大象教會了喝酒？讓牠們每天必須為了酒辛辛苦苦地工作，然後又是誰發明了這套領工資、換酒喝的模式？讓這一切看起來都是那麼地公平交易，找不出破綻？

大象喝了酒之後，會不會變成比較快樂的大象？這恐怕是很難論斷的事。但絕對可以確定的是，人有了名牌皮飾、化妝品、汽車、洋房……之後，一定更不快樂。事實上，這幾年台灣的經濟狀況提升了，但相對於節節高漲的生活品質、生活環境，我們的消費能力（並非指錢，而是指能買到的東西），實際上好不了多少。刺激消費的結果，人人都必須全力以赴地去賺更多的錢，付出更多的時間。

對自己的生活品質不滿，這是一個普遍的事實。惡性循環的結果，我們必須花費更多的錢來追求自己的尊嚴（諸如穿很貴的名牌服飾、有個性的交通工具，甚至某種廠牌的個性洗髮精），花費更多的錢來認同發洩自己的不滿的商品（某牌口香糖、「不想再和這個世界爭辯了」的咖啡廣告……），或者花費更多錢直接去發洩（跳舞、看不用腦筋的電影、愛情連續劇、小說、電動玩具……），然後我們愈來愈需要錢，愈來愈拚命賺錢，愈來愈沒有時間，愈來愈瘋狂地花錢……

我相信「消費等於流行」、「消費代表尊嚴」都是一種邪說。從某個角度而言，大象優於人類的地方還在於只要酒精便能滿足。而無盡的慾望，卻把人類逼進死角。這個世紀人類的浩劫恐怕在於不知不覺淪為「生產的工具」。無窮無盡的生產來刺激無窮無盡的消費，無窮無盡的消費又導致人類必須放棄一切去從事生產。生產、消費、生產、消費，終有一天，人類的血肉之軀會在這一場競賽中自己被自己消滅。

那麼做為一個人應有的尊嚴呢？享受生命情趣應有的閒暇呢？愛

情、親情、友情，還有那許許多多美好的心情與事物呢？反對的人總是會說，如果兒童節放假，我們全國會損失多少億多少億金錢；如果大家常常休假，我們的生產力要降低多少百分比。提到房價高漲、交通混亂、治安不良、色情氾濫、道德低落、文化氣息欠缺……為什麼又聽不到任何有力的聲音呢？

難道人的尊嚴靠錢（管他用什麼辦法賺來的）就能解決嗎？我們要跟上流行，要不落伍，就得努力去賺錢。一路和流行追趕，我們好辛苦。再看我們的下一代，更是可怕。他們一生下來，還無法賺錢時，名牌服飾、用品……早已經是他們的標準配備，他們靠什麼去追上流行？難怪我們聽到那個字的聲響愈來愈大，錢，錢，錢，錢，錢……

是人自己創造出錢來壓迫自己。大部分的人相信我們一旦有了許多錢，就可以免於錢的迫害。可是想一想，有了錢的人，在這樣的意識形態之下，也不過是一隻喝了酒的大象罷了。

省省力吧！我們實在應該從結構上著手，像當前所有的體制問題一樣。與其要做一隻緬甸的大象，做一隻快樂逍遙的森林大象有什麼不好呢？

漸漸

最近有個餐飲界的病人和我大談經營理念，談著談著我忽然豁然開朗。

原來這個人經營的是色情陪酒。不但如此，他得意地自誇旗下女將清一色是大專程度以上。知識分子怎麼會去從事色情陪酒的行業？我們不免好奇十足。

「其實很簡單，我刊登廣告，徵求大專程度以上的女性會計。凡是應徵者都必須檢具學歷證書。」

「原來你刊登不實廣告，誘騙應徵少女。」

他神秘地笑：「我們的會計薪水是比別人高沒錯，不過每個小姐一來我都說得很清楚。我們這裡的確有色情陪酒，但是領會計的薪水只會做會計工作，和裡面陪酒的小姐完全不同，絕不強迫。」

「那就領薪水，好好地做個會計。」我問。

「是做會計沒有錯。不過日子久了，和裡面端盤子的小姐熟了，大家都一樣是大專畢業的，好溝通。忙不過來的時候，幫忙端個盤子、送送酒，也是常有的事。這時候我就告訴小姐：『妳看，當會計領一萬兩千元，端盤子送酒薪水兩萬四，端盤子又不陪客人，不是什麼壞事，反正妳都常常端盤子，為什麼不乾脆領兩萬四？』

「這樣說個幾次就開始動搖了。同樣都是工作，為什麼不領兩萬四呢？俱樂部的規定是，端盤子的小姐不准坐下來陪客人喝酒，這樣和坐檯的小姐才有區別。可是日子久了，客人熟了，也會意思意思要求喝杯酒。開頭總是不願意，後來熬不過，就喝一杯。說是站著喝。

「一開始喝酒就好辦了。站著喝酒薪水是兩萬四，坐著喝是四萬八，客人給的小費還不包括在內。同樣都是大專畢業，為什麼錢賺得比別人少？就會有人勸她了，人都在裡面了，外面的人誰知道妳是端盤子，還是坐檯呢？再說自己真的清白，別跟客人出場就好了，陪客人喝酒，就算在社會上交際應酬，也是常有的事。

「於是坐下來當坐檯小姐。剛開始一定是規規矩矩地喝酒，也不隨便和客人出場。這一行競爭大，領四萬八，慢慢就嫌不夠了，只好挑看得順眼的客人給帶出場。做久了，總是會給厲害的客人占便宜，哭哭啼啼鬧一陣子也就好了。畢竟讀過書，狠下心來做得更俐落、更敢。小姐自己高興，客人喜歡，我也得意，這是兩廂情願的事，」他停了一下，又說，「我從來沒強迫過別人，也從來不擔心找不到小姐，反正這個環境慢慢會改變她們，直到她們根本忘記自己原來的想法和樣子……」

我愈聽眼睛睜得愈大，從來不曾想過在這樣不疾不徐的瑣碎裡，竟也有血肉飛濺似的驚心動魄。

豐子愷寫過文章感嘆：

「使人生圓滑進行的微妙要素，莫如『漸』；造物主騙人的手段，也莫如『漸』。在不知不覺中，天真爛漫的孩子『漸漸』變成野心勃勃的青年，慷慨豪俠的青年『漸漸』變成冷酷的成人，血氣旺盛的成人『漸漸』變成頑固的老頭子……」

對時間的感嘆，本是人類共同的命運，儘管悲傷，大自然不變的法則是誰都沒話說的事。可是對於意識形態，價值之漸，卻教人坐立不安。原來是錯的事，為什麼「漸漸」變成對的事？原本可恥的事，為什麼又「漸漸」人人爭相追逐？

整個台北市翻翻補補、敲敲打打，還有政治風暴、金融危機、社會秩序動盪……彷彿整個城市快傾毀了，可是這時代更教人無法忍受的卻是那種無聲無息、無法感受的「漸」，扭曲意識形態，把人的尊嚴、我們活著僅仰賴的那一點感覺吃掉。

無從捉摸、無法抵擋的墮落與沉淪。「漸漸」之可怕，在於我們的不知不覺。

安身立命的哲學

羅馬尼亞人終於推翻了共產專制政權。同樣的事情發生在中國，大部分的中國人都不免要問，為什麼中國人不能推翻共產政權呢？

專家的觀點當然很多。不過最近我聽來一個故事，印象深刻。到底絕望的時候，人們如何安身立命？屈服？抵抗？或者發明出更聰明的安身立命的哲學？

故事是說有一個人被國王判處了死刑，臨死之前，國王問他是否還有最後的遺言。

這個人表示他有一種秘方，死後無人可傳，甚為可惜。使用此一秘方，半年之後，馬可長出翅膀，天馬行空，十分壯觀。

「這是真的嗎？」國王當下即表示高度的興趣。

「自然是千真萬確。」

「好，那我派你去養馬，真能養出翅膀來，我即免你一死。可是萬一沒有呢？」

「那麼半年之後再將我處死，也還不遲啊！」

國王聽了欣然同意，派了一個養馬的官職給他。

這個死囚終於變成了御用的養馬官，他的朋友們都覺得十分奇怪，紛紛跑去問他：

「你真的能把馬的翅膀養出來嗎？」

這個死囚答得好，他說：

「我也不知道能不能把馬的翅膀養出來，不過半年之後的事情誰曉得呢？也許馬死了、國王死了，或者是我死了？」死囚笑了笑，「再說，誰知道馬一定不會長翅膀呢？」

故事自然只是故事。可是有人把它當成政治笑話講來講去，什麼兩岸關係、國代退職問題、經濟問題，也有人把它當成愛情笑話，什麼夫妻關係、外遇問題……反正怎麼比喻，怎麼通順。

後來我想懂了，不覺背脊一陣寒意。原來這個笑話其實不過是差不多先生的修正版。差不多先生顯得愚笨而令人厭惡；這裡的死因一改面目，透露出一種洞悉的世故與精明，並且還有自己安身立命的哲學。

悲哀的是，這種聰明的安身立命哲學遍布了所有的領域，並且沾沾自喜。中國所有最偉大的哲學家只好永遠在愈來愈壞的環境裡，去找出更聰明的安身立命的哲學了。

富翁他的電腦和汽車

最近聽來一個有趣的故事，故事雖然是聽來的，但是據說真實性百分之百。

故事是一個富翁，想擁有一部足以誇富世人的別致汽車。不知哪裡來的點子，央請世界級的設計工程師與勞斯萊斯汽車合作，生產一部全新電腦配備的汽車。富翁雖然對於電腦資訊，所知有限，但挾持這股第三波之風，結合藝術與科技，更是將他個人的功勳與品味，提高到最極致。

汽車裝運來台，當然沒有人會使用汽車內的電腦程式。特別從國外禮聘工程師來台，將電腦程式系統完全設定成一定的模式，再交由富翁使用。富翁試車之後，感到十分滿意，不時坐這部車，到處誇耀他人。

所有的人見了這部汽車的豪華配備、複雜按鈕，加上勞斯萊斯的標幟，莫不嘖嘖稱讚。

有一天，富翁喝醉了酒，不小心碰觸了電腦鍵板。這一按不得了，破壞了原先自動設定的程式，電腦顯示幕上一片忙亂。整個程式必須重新再設定，汽車無論如何，再也無法發動。這一折騰，十分麻煩，費時耗錢不說，最後仍然只得大老遠把外國工程師再請回來，重新設定標準程式，才能解決問題。

汽車修好之後，富翁可學到了一個教訓，那就是無論如何，絕對不能去碰那些電腦鍵盤。不但如此，還特別製作了防護板，用膠布牢牢封死，使得任何人都無法去碰觸那些按鍵。從此以後，才算解決了後患，仍然開著汽車，到處炫耀他的電腦和品味。

欣聞台灣就要蓋全世界最高的摩天大樓，還有即將在五年內趕上歐美的全民健康保險、節節高升的國民所得，還有全省到處林立的文化中心，這些以驚人氣魄創造出來的奇蹟，似乎在在都顯示出了美麗台灣的美好前景……可是說不上來為什麼，這些偉大的成就，總讓我聯想起關於富翁他的電腦和汽車的故事。

這樣的聯想多少有點不倫不類，畢竟富翁本身不是罪惡。只是富裕的結果逼得他只能在無知或者不快樂之間作一抉擇。

難道買了電腦汽車的富翁真的一無是處嗎？有個朋友這樣問我。事實上也不見得如此，就像貧窮不是錯誤一樣，富裕更非錯誤。如果有可能的話，有一天富翁的孩子長大了，告訴富翁：「爸爸，我想學電腦。」富翁至少會舉雙手贊成才對。

就像富翁一樣，台灣有錢的老爸是否有讓第二代去學電腦的胸襟，以彌補所有表象虛張聲勢底下的不足？是否願意冒著被下一代超越的危險去培養他們，從事一些乍看之下與上一代格格不入的東西？這種容忍下一代，並培養下一代的呼聲，恐怕是整個社會都迫切需要的吧！

事物的狀態

那位著名的內科醫師緊握著待產太太的手，把她推進我們的開刀房，很仔細地拜託每一位工作人員。為了尊重開刀房的規矩，很客氣地退回更衣室去等待。每次剖腹產的手術一開始，手術室裡總是十分熱鬧，刷手護士、流動護士、婦產科、麻醉科、小兒科的人員早準備好了一切，彷彿什麼嘉年華會似的。

果然麻醉開始，這位太太躺在手術台上，便囈語似的數落起自己的丈夫，完全不像我們剛剛見到的伉儷情深圖。在產科麻醉Ketamine這個藥物，由於通過胎盤對胎兒的副作用少，頗受醫師喜愛。經過靜脈注射，病人的意識與生理狀態被解離開來。因此一個麻醉良好的病人，她可能處於某種清醒、不受壓抑的意識狀態。根據形容，病人清楚地通過一段黝黑的隧道，並以極快的速度前進。然後是亮光，繽紛的色彩，自己離開了原來的身體，自由自在地在空間飛行……這時有人見到自己渴望的人，或者死去的人，也有人會作噩夢，甚至有人滔滔不絕說出了壓抑在潛意識深層不敢說出來的事情……

「他敢再碰那個女人一下，我就到醫院、醫學院去貼布告，看他還教什麼書、當什麼醫生？當初他窮，說是陪嫁一千萬，我們就一千萬，沒有錢，他讀什麼醫科……」

手術進行得十分順利，可是我們聽到的囈語卻愈來愈不堪。像有人說過的，人生往往有即使是舒伯特也無言以對的時刻。在一個人人喜氣洋洋，準備迎接這一切的時刻，偏偏有個可惡的 Ketamine，戳穿了這些，讓那些生活內在的陰暗與險惡浮現了出來。

「他敢再打我，我就掐死這個孩子，」有個護士去翻她的手臂，果然看到傷痕不少，「他毀了我，我也要毀了他。」

監視器上的圖形嗶——嗶——嗶，穩定地跳著。產科醫師順利地把小孩子抓出來，剪掉臍帶，拍一拍，我們聽到那一聲清脆又響亮的哭聲，哇——

儘管手術房內亂嘈嘈一片，可是每個專業人員都極熟練地做著自己領域的工作。不知道為什麼，我有點替這個新生命感傷，為他所要面對的一個世界。

過了不久，這一切都平靜下來。母親的肚皮縫合完成，產科醫師向她道賀。小孩也整理得漂亮可愛放在襁褓裡，抱過來擺在母親旁。最後進來的是父親，滿意地看著自己的小孩，在眾人面前對母親噓寒問暖，似乎無微不至。大家對這一幅動人的天倫畫面也不以為意，紛紛過來恭賀，好漂亮的小孩呀，你們真是幸福，這長得像爸爸……

這麼美好的畫面，不禁又教我懷疑起來剛剛聽到的話。

下班後我走在街道上，到處是明亮的商店、廣告，要人們盡情奔放、飛揚一夏。還有美麗的愛情、幸福的家庭生活、偉大的真理、不變的永恆……我記得小時候一直相信那樣的東西，等我長大，才知道並不是那樣。又等我進了醫院，聽了許多呻吟，也看了許多死、掙扎……才知道那些美好、偉大的背後，原來有許多東西是真實、陰暗，而疼痛的。

走過我身邊一張一張神采飛揚的臉，滿溢著期盼與歡樂。我忽然想，那麼疼痛又如何呢？想著想著，有點釋然了。活著，誰不需要一點點麻醉、一點點止疼呢？又有誰不喜歡那些美好、幸福、歡樂的想像呢？儘管有時候明明知道那不過是個謊言，可是誰能告訴我們這樣的生命，到底是謊言，還是真理來得實惠一些？

我走過電視牆，正好播映著那一切我們需要的止疼藥。淡淡甜甜的，有些像泡薄了的糖水。和許多不知不覺的人一樣，我愣愣地站在那裡看。

假如窮人可以替富人死

從事麻醉工作，最教人不安的經驗就是做器官捐贈者的麻醉。雖然病人已經判定過腦死，可是儀器顯示幕上，他的各種生命徵候諸如心跳、血壓……仍然還在。當外科醫師把所需的各種器官取走之後，忙忙碌碌的一群工作人員急急忙忙奔向移植的病人，只留下麻醉人員孤孤單單地面對著腦死的病人。所有的麻醉氣體都已經關掉，只剩下純氧，呼吸器仍然打著氣，沒有人會去把機器關掉。可是病人再也不會醒來。這時什麼事都不能做，只能眼睜睜看著心跳一分、一秒變慢……

如果說二十世紀上半段的醫學史是抗生素的時代的話，那麼二十世紀的下半場無疑地就是移植手術擅場的時代了。在人類歷史上，從來沒有這麼多人，同時花費了這麼多心血，在移植手術上動腦筋。幾年以前，醫學專家把一個狒狒的心臟移植到人體時，心臟移植還被認為是一個瘋狂而且不可能的夢想。曾幾何時，人類已經累積了許多心臟移植的經驗。根據美國一九八九年的統計，心臟移植一年的存活率高達百分之九十，五年的存活率達百分之六十五左右。不僅如此，骨髓移植、皮膚移植、角膜移植、腎臟移植、肝臟移植……這一切的進步教人眼花撩亂，似乎醫學就要將人類推向另一個更幸福的層次了。

類似的經驗，使我對科學的一途感到非常的悲觀。儘管台灣與整個世界的科技都在不斷地進步之中，可是我領略到任何不以人類相互尊重、關懷與救助的道德基礎為出發點的科技進步，其結果不過是導致更嚴重的痛苦，和變本加厲的迫害。或許有人認為台灣不至於走上這麼偏頗的一條道路，可是在一個為了金錢可以綁票濫殺無辜；為了金錢可以不顧倫理道義；瘋狂投入股票炒作、房地買賣、地下投資、黑槍買賣、官商勾結……這樣的國度，假如器官買賣真的有這麼大的利益，所謂的道德、倫理傳統，真能保證什麼嗎？電視每天都報導一些科學進步的消息，我們沉浸在更美好明天的假象之中。我實在愈來愈擔心。

在美國，以 Peter Hagelstein 為首的三千七百萬位科學以及工程教授，包括十五位諾貝爾獎得主，全美最好的二十個物理系百分之五十七的教授都曾拒絕雷根ＳＤＩ（星際大戰）的研究和經費，這種以道德、理念的判斷拒絕了科技的進步，在台灣簡直是聞所未聞的。

如果所有的科技人員仍然一味地堅持專業，而罔顧一切，一個必須殺死一個健康人來移植器官給另一個病人的時代很快就會來到。而所有推動科技進步的人員都是加速這個時代到來的幫兇。

更有甚者，假如有一天科技進步到窮人可以替富人死，我敢預言，世界上漸漸就會沒有窮人，而消滅貧窮的均富時代很快就會到來。

善意的欺騙

有時欺騙是滿不容易的一件事。

這個痛苦的媽媽進到手術房來的時候已經十點五十分左右了。不過最教這個媽媽難過的倒不是產痛，她整個人呼天搶地，幾近歇斯底里，最重要的原因恐怕是她的孩子來不及在十一點以前出生了。根據算命先生的說法，孩子如果能在十一點以前出生則一生大富大貴，萬一超過了十一點鐘，則這個孩子一生也就沒什麼特別發展可言。

身為麻醉醫師，最關心的倒不是這個。病人在我的手裡，很明顯的血壓呈現不穩定狀態，並時有升高的趨勢，是一個典型的子癲前症。一個不穩定的孕婦，加上外在精神的刺激，實在是很危險的一件事。我所希望掌握的事包括先給予麻醉止痛，再來就是控制血壓，盡快配合婦產科醫師進行剖腹產手術，將小孩拿出來，解除子癲前症的威脅。

可惜血壓的控制實在不是那麼容易的一件事，儘管麻醉之後產婦的疼痛已經逐漸降低，可是她的血壓仍然高居不下。給予降壓藥物實在不是最好的選擇，正在兩難之際，忽然有個醫師突發奇想，不知不覺把時鐘調整了一下。

「妳看，才十點半，妳不要緊張，慢慢來，一定還來得及。」

「才十點半？」產婦愣了一下，「怎麼剛剛十點二十五分，我覺得過了好久，才十點半。」

「這是正常的現象，人在疼痛的時候會覺得時間過得特別慢，其實才過了五分鐘。」

「真的？」

「當然。」

這時候產婦的心情漸漸放鬆，奇怪得很，她的血壓竟然漸漸下降。顯然我們的心理治療發生了效用。

小孩哇哇地生下來時我忽然有一種說不上來的感受。他的命運到底會是什麼呢？是大富大貴嗎？或者又只是另一個平凡的生命的誕生？

蘇軾曾經為他的新生兒寫過一首詩：

人皆養子望聰明，我被聰明誤一生，
惟願孩兒愚且魯，無災無難到公卿。

為什麼孩子的生辰比媽媽的生命還要來得重要？原來在一個不穩定的社會裡面，一個人的成功與失敗是毫無道理可言的。想想我們社會目前的有錢人，哪一個不是忽然竄起？目前成功的人，誰又具備了成功的努力與條件呢？

不法者頻頻成就事業，按部就班者反而成了吃虧的人。惡徒逍遙法外，執法者橫死街頭。安份守己者老是吃虧，爭權奪利者得寸進尺。哪件事是用常理判斷可以得證的呢？

原來一個飄忽不定的流浪感已經普遍存在，我們再找不到安心的歸宿。在這樣沒有秩序、沒有規則的時代，難怪人寧可相信算命，而沒有人相信真理。

沒有人相信真理的時代，又能怎麼樣呢？

「我的孩子真的在十一點以前生下來了？」媽媽問。

「恭喜妳。」

媽媽可滿意了。「我好累。」她表示。

「現在小孩出來了，我可以給妳一點麻醉藥，讓妳睡一覺。」

我給她一劑 pentothal 靜脈注射，這個媽媽終於滿意地睡著了。三分鐘後，她醒過來了。有人把時鐘調了回來。那時是十一點三十分。

「妳睡了好久了。」護士小姐笑著告訴她。

蠍子文化

有一天早上我提了公事包坐上一部計程車，一上車司機立刻開始橫衝直撞，穿梭在車陣之中游刃有餘。當時交通十分紊亂，我當下坐得毛骨悚然，便問這位司機：

「你衝這麼快，不是很危險嗎？」

「沒辦法，我也是為了賺錢啊！」司機回答我。

「交通這麼亂，你就是快，也快不了多少吧？」

「這你就不懂了，你別看我只超過一輛車，碰到一個十字路口，我衝一個黃燈，把後面的車立刻拋得遠遠的，那就差別很大了。」

果然他鑽來鑽去，一個紅綠燈，就把後面的車甩得好遠了。

「可是交通這麼亂，你這樣闖，不是更糟糕嗎？」我問。

「咦，我倒要反問你，如果今天交通好的話，我必須開得這麼辛苦嗎？」

我仔細觀察了一番，發現這個司機講的話很實在。因為所有的計程車、自用轎車幾乎都在衝鋒陷陣。衝來衝去，都為了賺錢。整個交通車水馬龍，塞得一塌糊塗，恍惚都在喊著，錢，錢，錢，錢……

這使我想起一個故事。

有隻蠍子要過河，請青蛙背牠。青蛙十分猶豫，牠問蠍子：

「我很擔心，萬一你咬我，怎麼辦？」

「我不會咬你，你放心好了。你想，我又不會游泳，我把你咬死了，對我一點好處也沒有，不是嗎？」蠍子告訴牠。

青蛙一想也有道理，就背著蠍子過河。

就在牠們游到半途的時候，蠍子忽然瘋狂地猛咬青蛙，咬得青蛙一陣暈眩，臨死之前不甘心地問：

「我死了，你也沉到水裡去了，你為什麼還要咬我呢？」

蠍子驚慌地說：

「我知道，可是我無法控制自己。」

與蠍子這樣的朋友相處當然是可怕的事，然而更可怕的卻是蠍子的非理性。蠍子無法控制自己的非理性，因為騎在別人頭上、咬人，是牠自小以來的訓練，牠必須靠踩在別人頭上才能求得生存。這樣的生存情結到了必須以自身的利益，甚至是自身的性命來交換時亦在所不惜。

在一個派系林立、講究倫理、服從勝過於真理的社會，青蛙是絕對活不下去的。從前的時代，個人還可以做隱士，歸隱山林，獨善其身，只求個人的自由。問題是資訊愈來愈發達，人與人之間的關係愈來愈密切，整個社會變成了一個緊密相依的互動體。一個人想求得自身的自由，只有躋身其間，一步一步地踩著別人的頭顱往上爬，唯有爬得愈高，才可能獲得愈大的自由。

從小開始我們的教育就強調競爭，一個小孩必須在考試上獲得勝利，才被認定是一個好孩子。果然他長大了以後發現「愛拚才會贏」，開始無所不用其極地「努力往上爬」。一個中國人，要不就被欺負，要不就做一隻蠍子。想像青蛙一樣建立一個互助的社會，關懷的環境，這樣的想法在蠍子的世界裡恐怕是無法立足的。

在這麼混亂的環境裡，於是蠍子文化形成了。我們有愈來愈多的蠍子，搶著咬噬別人以求得自身的自由與生存。於是不管政治、學術、醫療、藝術、商業……真正的努力與成就反而不再是最重要的事情，一切變成了從權力邊緣到中心的競爭與較勁。互助共存的重要性不再被強調，只有爬到最高的權力位置，控制別人，才得到這種蠍子式的自由與快感。更可怕的是，非理性的蠍子必要時甚至不惜犧牲一切，只為了滿足這種勝利的衝動。

從計程車司機，到議會的議員、商業鉅子、政治人物……我們似乎看到愈來愈多的蠍子，像計程車司機一樣，亂世成了他們最好的藉口。愈來愈多，也愈厲害的蠍子，淹沒了舊時代那些美好的善意與守望相助的關懷。到處都是蠍子，吞噬別人，終於也將吞噬了自己。

誰來救救我們？也救救這些蠍子？

看病與忠孝仁愛信義和平

在台灣看病面對名醫，動輒大排長龍，猛塞紅包，辛苦半天，僅得名醫眷顧一眼，幾分鐘之內，胡亂開藥。如此低劣的醫療品質，不但無人感到懷疑，反而甘之如飴。這種惡劣制度能夠長期存在，絕對和我們的文化息息相關。

我們的文化是強調忠孝仁愛信義和平的體系。這其中，忠孝又占了最重要的地位。換句話，整個體系的維繫，端在乎宗法、綱常，下層對上層的服從來維持。這與歐美文化主張自由、人權，反對專制制度，反對官僚主義的文化出發點截然不同。因此，倫理成了我們教育中最重要的課題。所以我們有君為臣綱、父為子綱、夫為妻綱。所有的教育理念，全為了政治上的統治而設計。所謂「二千年來之政，秦政也，二千年來之學，荀學也。」政治與學術結合的結果，「是道也，是學也，是治也，則一而已。」

由於這樣的發展，使中國的文化少了一分濃厚的人本與自由的氣息，取代的是教忠教孝的民族情操。這使得中國人的希望只存在於「人治」，而「制度」本身反而不是那麼切身的事情。因此我們有一堆受歡迎的阿信、青天大老爺、英明聖主、民族救星，我們的社會也就在這無窮無盡的深淵裡打轉。

這樣的思想，使得惡劣的醫療體系有機可乘。

醫師與病人存在的關係以及其互動，根據心理學家的研究，是接近於父母與兒童的不平行關係。隨著醫療體系權力的高漲，科技官僚應運而生，醫療體系已經漸漸從救世主的地位一改而成為統治者的角色。這個角色，挾持著科技、經濟、社會的力量，簡直是無法節制。而醫療人權的要求、醫療體制的改善、更方便的就醫方式、社會互助、保險救濟，是解決這個問題的正當途徑。

可惜這些觀念到了我們這裡，變成了道地的名醫爭霸戰。原來我們把一切的責任，都推給了醫師的醫德。制度不再是重要的事情。我們習慣用道德來取決一切。像我們冀望青天老爺、英明聖主、民族救星一樣。於是一切的問題只要有名醫、有道德、有學問的醫師出現，問題就可迎刃而解。有了這樣的期望之後，病人對名醫以不惜苦等，不怕問診時間短，來表示效忠；以紅包、禮物，種種方式來表示盡孝。

是不是找到了名醫，我們的病情真的獲得了保障呢？可惜情況正好相反。二十世紀的醫療體系早已經不是華佗再世，或是祖傳秘方的時代。一個名醫，縱使再會開刀、再會診斷，醫療的過程仍有賴整個醫療體系所有人員的團隊合作。我們社會強調名醫的結果，使得所有醫療資源盡為名醫包辦。惡性循環的結果，檢驗、藥劑部門水準低落，護理人員大量流失，醫療品質草率，服務態度不佳。更有甚者，開刀成功，病人卻因為沒有加護病床，或者手術後照顧不周而宣告不治。

不但如此，傳播媒體更是助紂為虐。對於默默研究基礎醫學者不聞不問，稍有花稍、領先之醫療行為則大肆報導。弄到後來，醫師與醫師之間，爭寵於媒體，反而埋沒了真正的名醫。一旦受媒體垂青者，又汲汲製造新聞，窮於應付媒體。加上病人大批湧入，醫療品質無論如何一定下降，更遑論新的研究發展。一再惡性循環，連名醫也活生生被拖垮了。

有家醫院的廣告是這樣的：

We treat you like a people.

（我們把你當成人一般地治療。）

結果這個廣告竟然大受歡迎。這說明了我們對一個有尊嚴的醫療環境的渴望。我想，光是那樣應該是不夠的。我們更希望的是：

We treat you like a friend.

（我們把你像朋友一樣地治療。）

我們希望改善醫療品質、改變醫療環境，光是寄望於政府、衛生署、保險單位是不夠的，文化的內涵以及傾向更是一個重要的因素。如果我們一直沒有制度比名醫還要重要的觀念，沒有尊嚴、人權比服從還要重要的想法，恐怕這個千百年來不斷作祟的思想，還要繼續為害我們的身心健康下去。

醫蟲

曾經有一個老朋友買了許多點滴回到鄉下去送往迎來，他把靜脈點滴當成補品一樣到處奉送。阿公阿媽都來打點滴，不但如此，並且還強迫中獎。許多人總還覺得葡萄糖水是什麼不得了的東西，心裡倒有幾分情願。遇見稍具知識者敬謝不敏，當場落花有意、流水無情，立刻演出一場追逐戰。稍一不慎，落入法網，三五好友熱心地幫忙抓人，針落血濺，呼天搶地，直呼冤枉。旁人見了眉開眼笑，絲毫無人同情被害者。

中國向來是個重人情的社會。人情之好惡決定了人對部分事情的看法，有時荒謬的程度真正到了不知從何說起的地步，我從前擔任實習醫生時真是深為所苦，凡是認識的人有關醫療的問題一概要來請教。請教不打緊，可怕的是只要認識，即使你的言論與學有專精的專科醫師相反，大部分的人仍然願意相信熟識的人絕對會為自己的朋友著想，慢慢真理與否在中國就不是那麼重要的事了。

隨著時代的轉變，類似的問題愈來愈多，近來報載一個燙傷兒童，在大醫院治療，後來經人介紹，放棄在醫學中心的治療，改求診中醫。結果病情日益惡化，發生嚴重感染，終於不治。這類醫療仲介愈來愈多，並且水準參差不齊。趁著醫病關係緊張的時刻，生存其間，游刃有餘。這些人或假裝同是受害的病患，或是病患家屬，從中挑撥，包攬官司、仲介，甚至是勒索、和解。醫蟲愈多，醫師和病人之間的關係也就愈來愈緊張，關係愈惡化，醫蟲生存的空間愈來愈大，演變成為一種惡性循環。我們終於發現自己快被自己的善良與人情拖垮。

死了一個孩子之後，我們應該不只是責備父母的無知，或者醫蟲之可惡。更要想的是，為什麼我們慢慢變成了一個只重人情而不要真理的社會呢？

小自廣播媒體主持人藉用人情來推銷商品、民意代表藉套人情關說，大到機關團體派系林立，但不問是非，只講交情、論輩分。整個社會國家系統運作的模式全植基在這種人情泥沼之中，動彈不得，何其可悲。

只講真理沒有人情的地方固然冷酷，可是只要人情不要真理，無異於自我毀滅的過程。

死了一個孩子還不夠嗎？難道一定要死掉更多的孩子，或者是非得等到事情威脅了自己的存亡，我們才能悔悟？

大師的夢 I

當醫師最難堪的場面莫過於急救無效，病人家屬呼天搶地、悲慟不已。每次場面必定是忙亂不堪，在場的醫師到最後幾乎是精疲力竭，內心充滿無力感。雖然花下這麼大的心血與金錢，末了不免感嘆救人不易。躺在休息室，翻開報紙，中東戰爭，熱鬧滾滾，這邊評論家發表評論，那邊政治家發表呼籲，經濟學者評論股票行情。雙方各自擁兵數十萬，戰機、坦克，輜重無數，一觸即發。可預見的死傷絕對超過我在醫院整年的死傷人數。人人急於分析目前雙方之利害、局勢，無人關心這麼大的死傷，人類之荒謬，實在超乎我們的想像。

到底有什麼利害、什麼正義，比人類自身的存在更重要？

如果死了一個人就有那麼大的哭聲，那麼更多的人死了，將會是怎樣的悲慟呢？

電影大師黑澤明在拍過了許多大場面的戰爭片，諸如《七武士》、《影武者》、《亂》，之後，拍出了一部風格完全不同的電影《夢》。電影分成七段，每段都是導演曾作過的夢，以黑底白字的畫面開始，寫著：我曾作過這種夢。

有一段關於戰後返鄉的軍官的夢是這樣的。

這個疲憊的軍官踏著沉重的步伐返鄉，經過一條長長的隧道之後他走出來。忽然發現背後隧道發出奇怪的聲響。過了不久，走出來一個臉上塗白的士兵。他向這名軍官敬禮，相當著急地問：

「中隊長，我是不是死了？我不相信我真的死了。我記得部隊解散返鄉，母親才餵我吃麻糬。我記得非常清楚。」

「野口，你的確已經死了。那只是你作的夢，在你昏迷醒來之後告訴我的夢，因為意象那麼清晰，所以我記得非常清楚。可是五分鐘之後你就死了。」

「知道了。」士兵失望地向前走，他指著山谷裡的燈火，「可是我的爹、娘不相信我已經死了，他們還在等我回家。」

「你確實已經死了，而且是死在我的懷裡。」

士兵手足無措，又失望地往回走。

「野口。」中隊長喚他。

他又標準地行過軍禮之後，才默默地走回隧道。

不久，整個部隊行進的聲音出現，慢慢有一整隊的士兵從隧道裡走出來。

「向中隊長敬禮。」部隊行軍禮。

「第三小隊報告，沒有任何異常發生。」

整個部隊沉默不語。

「你們的心情我完全了解。可是第三小隊已經全部陣亡了。」

部隊靜悄無聲。

「由於我的錯誤，你們全部陣亡了。我知道這是我的錯，我不會把罪過一味地推給戰爭的過失和軍紀的無理。我的指揮不當，使得你們全體陣亡。

「我雖然活著，可是我的心比你們還要痛苦，我多麼希望能夠和你們一起死去。你們的心情我完全能夠理解，問題是你們徘徊在陽間有什麼用呢？都回去吧！拜託，都回去吧！」

中隊長正了正衣冠。對著部隊大喊：

「向後轉，齊步走。」

這時部隊才緩緩退入隧道中，留下令人感傷的畫面。

影片在淡出中結束。

我感到非常感傷。這麼簡單而明白的反省，恐怕非得高級的人類、這樣的大師才能告訴我們。

科技不斷地進步，我們的生活是不是更幸福了呢？

一個美好的年代，新的一年才開始，報紙卻揚言我們將經歷一場前所未有的浩劫。一旦戰爭開打，所有的國家都將蒙受損失。可是為了自私、好勝、面子問題，人類掉入自己不得不開打的陷阱裡。

準備好的三、四萬個屍袋。為阿拉真主而戰。為反侵略而戰。為政治利益而戰。為油田而戰。為正義與真理而戰。這成千上萬冠冕堂皇的理由，只不過更加說明了人類並沒有比好鬥的蟋蟀好到哪裡去。

成千上萬的人即將死去。做一個醫生我感到十分的無力，覺得還寧願去做個藝術家。至少藝術家有夢。

唉。人啊，人！

為什麼救活一個人是這麼困難，而殺害卻是如此的輕易呢？

大師的夢II

故事開始的時候，小男孩走進姊姊的房間裡。一群女孩子正坐在榻榻米上，快樂地討論著如何度過四月的桃花節。那是一個美麗的春天，他們剪了許多桃花，把花朵插在房間外面的花瓶上。這是日本電影大師黑澤明最新作品《夢》裡面的一段。在這部自傳性質的電影裡面，小男孩正是黑澤明心靈的化身。

走進房間的小男孩一回頭，突然在插著桃花的大花瓶旁，站著一個可愛的小女生。

「妳們有看到那個小女生嗎？」小男孩好奇地問姊姊們。

「沒有啊！」女孩們莫名其妙地問，「什麼小女生啊？」

「明明有一個小女生啊！」小男孩說。

「你一定看錯了。」

「妳看她就在那裡。」小男孩千真萬確看到那個可愛的小女孩。可是等到姊姊們回頭去看的時候，小女孩已倏地不見了。

小男孩很快地追趕了出去。小女孩就在前面，她跑得很快。他們穿過了庭院、小路，來到了屋子後面的小山丘。那是一片開墾過的綠色丘陵，小女孩沿著階梯一層一層地往上跑。正在小男孩要往上追的時候，有一群神怪擋住了他的去路。神怪們身抹濃妝穿著日本傳統式的衣服，依著階梯，帝王、嬪妃、武士、樂師、小卒依序羅列，井然有序。

「小孩子，你想幹什麼？」其中一名神怪大聲地問他。

小男孩抬起頭，看到這群服飾豔麗的神怪們。他有點楞住了。

「我們是桃花之神，再也不會光臨這裡了。你們把整片的桃樹都砍伐光了。我們被砍伐的時候，都發出悲痛的哭聲，難道你不曾聽到嗎？

沒有了桃樹，也就沒有了桃花，沒有了桃花，還過什麼桃花節呢？」

「可是，」小男孩羞澀地說，「你們被砍倒的時候，我也有哭。」

在帝王旁邊的嬪妃這時也表示：「我的確看到他哭得很傷心。他真的是一個乖小孩。」

「胡說，」為首的帝王這時說話了，「他是因為桃樹砍倒，從此吃不到桃子。因為吃不到桃子，所以才哭泣的。」

這時眾神怪們都笑得前俯後仰。

小男孩毫不畏懼地看著他們。在一片笑聲之中，他義正辭嚴地表示：「亂講，要吃桃子，可以到市場去買。可是桃樹倒了，就再也看不到桃花。一整園盛開的桃花，要到哪裡去買呢？」小孩邊說邊覺得鼻酸，兀自傷心地哭了起來。

經小男孩一說，神怪們忽然安靜了下來。一時之間各自私下地議論紛紛。

「嗯，」為首的帝王點點頭，「真的是一個可愛的好孩子。」

「你果真希望再看一次滿園開的桃花的景象？」帝王問小男孩。

小男孩擦乾了眼淚，充滿期待地點點頭。

「好吧，讓我們再為這個小男孩最後表演一次滿園開花的景象吧！」

至此神怪們各自就位，整齊莊嚴地羅列在丘陵地台階上，認真地奏起了雅樂，舞動著曼妙的姿勢。畫面看起來典雅而優美，整個大自然像是一片華麗的地毯。小男孩睜大了眼睛，在這串生動的儀式中，他簡直看得目瞪口呆。

過了不久，果然天空飄起繽紛的花瓣。花瓣撒落在綠色的田野上，被砍伐的桃樹竟一棵一棵地復活了起來。這時整片山谷是迎風搖曳的桃樹，以及滿園盛開的萬紫千紅的桃花。就在密密的桃花叢之間，小男孩看到小女孩正頑皮而活潑地向他招著手。劇情就在動人的情緒中結束。

已經許久沒有經歷這麼美麗而動人的夢境了。

這個故事可貴的地方在於它只是一個夢，一個關於孩子的夢，一個老人對於孩子的夢的回憶。夢想當然美麗，然而夢想最可悲的地方在於它只是一個夢想。更糟糕的是，我們已經很久不曾作過這樣子的夢了。都市化的過程之中，緊張、壓力、暴力漸漸取代了我們的夢境。孩童的心情，像是我們記憶中退化的部分，隨著年紀增長，再也尋不到了。

我花了很久的時間才變得年輕。畢卡索如是說。

我相信不管是什麼家、什麼長，或者是什麼官，內心一定蘊藏著一個小孩。黑澤明這段夢難能可貴的部分，或許在於他帶引著我們沿著失落的記憶，找到我們心中那個可喜的小孩。我很害怕那樣純真、有趣的孩子很快要絕跡了。我們的廣播媒體，用誇張的廣告、惡劣的卡通、禮品贈送，很早很快就教會我們的兒童什麼叫做欺騙、失望。我們的電影、電視，很快就教會我們的孩子什麼是諂媚、討好。我們的升學、考試制度很快教會我們的兒童自私、競爭、好勝。

如果說環境保護、污染防治、社會安寧、交通順暢等這些工作需要付出代價的話，我相信給社會一個兒童一樣純美的心靈，更需要付出代價。然而我們實在太忙了，忙得根本忽略了這件事。常常在熱鬧的場合中走失了孩子，我們會慌慌忙忙到處去尋找，可是沒有人注意到我們走失了一個最純真、可愛的兒童的心情。

或許我們付出一點代價，趕緊去把那個小孩找回來。

醫療與戲

醫師為病人看病是醫療行為。但是一個主治醫師的迴診，浩浩蕩蕩帶著一群住院醫師、實習醫師……這有一點戲的成分了。

一個長年患病的老太婆在假日的清晨醒來。她的精神特別好，因為子女們一會兒要來看她。她端坐在床前，看護正替她梳著頭，陽光斜斜地從窗戶射進來，映著她銀白色的頭髮。這已經是戲了。

外國影集裡面最常見的畫面莫過於心肺急救的場面。先是心臟按摩、人工呼吸，再來是電擊刺激。鏡頭看起來嚴肅而忙亂。我最開始當見習醫師時最不能適應的也就是這種場面。氣管內管不斷冒出來的痰，護士必須不停地用抽吸管抽吸。由於心臟衰竭的緣故，造成肺部水腫、積血，稍一不慎，擠出血水，噴得臉上、身上到處都是。再有做心肺按摩的人，費盡全身之力，手腳痠痲，不但如此，這個過程可以持續數個小時之久。患者的顏面慘白，家屬則哀號震天，一片淒風慘慘的景象。

事實上，心臟一旦停止跳動，無法及時搶救，腦部得不到氧氣供應，不消幾分鐘立刻就死亡。可是急救的過程有時竟持續兩、三個小時。

原來事實的死亡與法律上的死亡是截然不同的。

我當時年輕氣盛，有一次就曾理直氣壯地問資深的住院醫師：

「病人早就已經沒有希望了，不當場宣布，裝模作樣地做著心肺急救，這不是在演戲嗎？」

「是演戲沒有錯。」資深醫師一副見怪不怪的表情。

「到底這樣要演到什麼時候？」

「病人家屬接受為止。」

「接受什麼？」我好奇地問。

「接受他的死亡啊，你不覺得死的容易，生的難嗎？為什麼不給他們一點時間呢？」

否認，憤怒，妥協，沮喪，接受。這是一個瀕死的病人必經的過程。可是我從來沒有想過病人家屬也必須經歷這樣的過程。

又有一次，在一個深夜，有一個九十多歲的老奶奶過世了。由於這個家族十分興隆，不斷有全省各地的後代趕回來。孝順的後代們不相信老奶奶真的過世了，跪在床邊請求：

「無論如何，請醫師救救她，再給她一個機會。」

「我們已經急救兩個多小時了。」

「可是請醫師再給她一個機會。」

「她已經死了呀！」

「我們不相信她會死掉，無論如何醫師一定再給她一個機會。」

靜靜地跪在我們兩個年輕的醫師面前一共有二十多個人，包括七十多歲的立法委員、五十多歲的企業負責人……

「請醫師一定救她，會有奇蹟出現的。」

我相信所有的人這時已經掉入一種歇斯底里的狀態了。

夜很深，我們這兩個年輕的生命，也同樣是有限的人類。我很清楚，我們是承受不起這些期待的。

這幕戲，儘管結局注定是悲劇，可是戲不得不再演下去。我漸漸明白當初告訴我是一齣戲那個醫師見怪不怪的表情。

明明知道病人已經死亡，仍然像連續劇裡面緊張的醫師一樣，一邊認真地急救，一邊有人試圖著勸說病人的家屬接受病人的死亡。許多的醫師，同我一樣，都曾經演這樣的戲。而戲，儘管多餘，給予死者尊嚴、活著的人時間。戲，儘管不真實，卻撫慰了人心。

什麼是真實？什麼是虛假？在生死的場合，實在很難界定。是戲如人生，還是人生如戲呢？從醫院下班，看著庸庸碌碌的人群，忽然就有心痛的感覺。到底都在忙些什麼呢？活著不容易，實在應當相知相惜。為什麼有那麼多仇恨、爭吵、殺戮……

戲子演戲，為圖一口飯，做官亦是為了一口飯，想想都是演戲。戲子還知道自己是戲，可憐做官的不明白是一場戲，活得耀武揚威。可憐了那些做官的人。

說是醫療與戲，其實何處不是戲呢？

哀矜勿喜

轟動一時的吳東亮綁票案終於偵破了。這件綁案之所以這麼受到注目，有幾個原因。第一，贖金高達一億元，創下國內最高紀錄。第二，綁架的對象是國內重大企業之一的新光集團第二代負責人。第三，主事者擁有國內大眾傳播學士學位，同時也曾赴美深造，幾乎獲得碩士學位，是屬於智慧型的犯罪。第四，在郝內閣上任之後，強力整頓治安，這是首度公然挑戰的案件。

當然在此我們必須誠摯地為警方喝采。然而在媒體一片祝賀，各首長、警察、民意代表喜形於色的陶醉中，我們不免感到憂心忡忡。整個事情的脈絡之中，我們發現有幾件事是非比尋常的。首先是秦關寶的態度，他對綁架的態度以汪精衛炸攝政王失敗，引詩自喻：引刀成一快，不負少年頭。儼然有雖千萬人吾往矣的精神。再來對於犯案的動機，他認為社會貧富不均是主要原因。另外他以自身的例子否定了馬曉濱案件判死刑能嚇阻綁架案發生的說法。更有趣的是在日前的秦姓少年綁架案中，綁匪本身竟主動為秦姓少年補習英文。不但如此，他還當著全國觀眾之前，勸告所有的人，天下沒有白吃的午餐，並以此與全國同胞互勉。

所謂的笨蛋可以是好人，但壞人一定聰明。不過不一定每一個聰明人都是知識分子。今天知識分子開始出來當盜匪，這種訊息絕對不是簡單幾句什麼誤入歧途、聰明反被聰明誤可以說明的。這種現象也絕非個別的例外可以說明。我們可以發現，為害我們社會的知識分子可謂愈來愈多，其程度絕不下於盜匪。知識分子變成盜匪，我們捉到了沾沾自喜。沒有一個人去想，為什麼愈來愈多的知識分子去做這些不仁不義的事？事實上，一個國家最大的希望就在於它的知識分子，任何一個朝代，扶亂匡正的責任最後絕對落在它的讀書人身上。現在我們的讀書人、為國爭光的國手變成了盜匪，如果說這是內政部長、警政署長的榮耀，那我們的教育部長是不是應該去撞牆呢？

余英時教授在研究中共政權之餘曾經表示，歷史上任何一個朝代，當它所標榜的和它的所作所為完全相反時，也就是它滅亡的前兆。我們看了，不得不心驚膽跳。同一日的新聞還有警員收賄、政府官員圖利他人……這些該各司其職的人，給我們的驚訝絕不下於知識分子變強盜。嚴刑峻罰本在期於治安，結果我們的死刑犯人數卻一年比一年增加，愈來愈多我們無法理解的事，使得我們所講的與所做的正好完全相反，大眾傳播以一種看熱鬧的心態，像個村姑似地到處渲染這些隱私。我們吸收了這些片段的消息，除了感官上的刺激外，收穫實在有限得很。不但如此，同日警察誤殺了國中學生的消息還刻意地被淡化了，整個社會，包括大眾傳播，洋溢著一股嘻嘻哈哈的心情，沒有人願意檢討別人，也沒有人願意反省自己。

當美國太空梭發生爆炸案時，美國整個國家不但沒有把這件事情淡化，反而不斷地在電視上播出這一悲劇性的畫面，並且全國降半旗致哀。這個悲慟傳遍了整個國家。這樣的舉止，不但沒有打擊太空總署工作人員的士氣，反而藉著悲慟的凝聚，使得整個計畫有了反省的機會。痛定思痛之後，決定捲土重來，經由更多的投入與更多的關懷，使得同樣的悲劇不會再度發生。

反省是一個個體獨立思考與成長的契機。吳東亮綁架案絕對是一個悲劇，可是我們的社會卻洋溢著喜氣。更糟糕的是經由這次悲劇，輿論、大眾用看熱鬧的心情去看待。我們沒有學到任何東西。

這樣的輿論與大眾傳播實在教人感到灰心。

我很擔心，下次再有更大的悲劇發生時，我們不知又要高興成什麼樣子。

文化買賣

農保問題出來之後，我們對許多問題有了一個有趣的認識。農人為了自身利益堅決反對提高保費，並將問題歸諸於保險局的浪費、醫療費用太高。醫師則為了醫療費用被削減而群起抗議，甚至杯葛農保，揚言停診。面對三、四十億的虧損，立法委員為了自身的選票，在審查法案時，反對提高保費。這巨額虧損，自然要由政府單位來支出。政府有關單位，為了自己單位工作的順利進行，不得不出面大罵立法委員。同樣的，當納稅人發現自己所繳的稅款被撥去補助自己毫不相關的農人時，自然又是要大表不平。在這一團混亂之中，我們發現一個千古不變的定律：原來人是自私的動物。

一切制度的推行，都必須滿足大多數人的利益，才有成功的可能。根據某些經濟學家的意見，自私是人類社會進步的原動力。因為人類的自私，才有努力的生產，也因為自私，才有競爭，有了競爭，才帶動了許許多多的進步。

舉個荒謬的例子來看看。一個小偷偷竊被捉，他宣稱他的偷竊行為對社會不但沒有害處，反而帶動了社會的進步。他的立論是，雖然他偷了一部汽車，可是這部汽車的車主因為有保險給付，所以他本身並沒有什麼損失。同樣的，保險公司每年有一定的收人、一定的支出，所以保費的支出屬於常態範圍，對保險公司的營運亦沒有什麼損失。這部汽車的失竊，就社會的觀點而言，實質上是財富的轉移，對於失竊者沒有什麼損失，對於偷竊者卻增加了一筆可觀的收入。同時，由於汽車的失竊，促進了社會的消費，這又使得產業界獲利，相對的也增加了就業率，又增進了工人的幸福。

這個立論可以說是無懈可擊的。問題是果真如此，為什麼社會不乾脆來大力鼓吹偷竊，並立法課徵偷竊稅，以促進社會之進步？這個問題的答案是很明顯的，因為一旦所有的人都努力偷竊的時候，為了保障自己偷來的財產，每個人都必須花費更多的金錢在警察、警衛的費用之上。更有甚者，將來我們大部分的收入都將歸入律師、法官手裡。

賺來的錢必須分一半給保鏢、警衛，用來看守自己的家園，這樣的社會聽起來是這麼地不可思議。可是想想世界上大部分的國家，不也花費了國家總預算的二分之一到三分之一來發展軍隊，看守自己的家園嗎？如果這些費用都用來發展民生，世界上將會減少多少飢餓與社會問題？沒有一個國家能夠省下這筆費用，這是人類自私自利的結果。原來自私本身引起的問題主要在於，增加許多為了保障自身衍生之費用，這些費用包括了軍費、律師、合約……更可怕的是，這些增加的費用，往往遠大於自私之所得。

包括農保在內的許多社會問題，事實上是十分明顯的。覺得發展經濟再發展文建的專家或許沒有想過，一旦道德可行，我們將因為互信、互賴而省去許多這類交易時衍生之多餘費用，原來道德也可以賺錢的。

這篇文章基本上，並不是寫給人文主義，或是相信人文價值重於一切的人看的，因為你們早已相信了這些。至於不相信仁義道德有什麼用處的人，或許我可以提醒，原來好的內涵、品格、國民道德竟是賺錢的。政治家也許要告訴我，千萬別相信人可以不自私。事實上，我絕不否認。但是經由文建的落實、文化的陶冶，我們可以減少自私的企圖，進而減少這些自私引起的支出。

一個絕種的人文主義者企圖將文化推銷給實用主義者到底算不算悲哀，其實並不要緊。重要的是，至少實用主義者應該相信，投資文化建設，絕對是未來一、二十年內，台灣最值得的買賣。

醫師們的歷史診斷

一九七二年在湖南長沙馬王堆漢墓挖出了軑侯夫人的屍體。這個至今已有兩千年歷史遺跡的發現，立刻引起海內外的注目。這具身高約一五四公分、體重有三十四．三公斤的屍體，不僅四肢五官保存完整，皮膚毛髮俱全，並且關節還能移動，是考古學家公認為這幾年最值得興奮的事情。

根據考據的結果，軑侯夫人應是利蒼、長沙丞相的妻子。在她的墳墓之中，隨葬物器出土者一共有一千四百多件。包括了色彩絢爛的絲織品和服飾，漆器一百多件，以及陶器、木俑、竹簡、樂器……這些隨葬器之精緻與豪華，簡直教人嘆為觀止。古董的發現，讓我們更精確地了解到兩千年前的人生活的方式、風俗習慣，與典章制度。

歷史上對漢文帝時代的好感是不用再多費唇舌的。因此在情緒上，軑侯夫人這些錦衣玉食、文物、服飾，都讓我們想起一個美好的時代，與王宮貴族們奢侈華麗的生活。一些有興趣的作家，當然大可編織一些兒女私情，或者是大漢國威的民族大義，來滿足一般人的歷史情緒。

偏偏這個時候，醫師們大殺風景地讓我們看到事實。

湖南醫學院的醫師們把軑侯夫人拿來做健康檢查，以及詳細的病理解剖，做出了一份報告。在這份報告中，我們驀然發現，或許許多對於歷史的美好記憶，只是我們一廂情願的想像罷了。

根據報告指出。軑侯夫人的年齡約在五十至五十五歲之間，曾經生育過孩子。她生前患有多種疾病，這些疾病包括在直腸和肝臟裡面的日本血吸蟲，腸道裡的蟯蟲、鞭蟲等寄生蟲。另外肺部有鈣化灶，證明死者曾經得過肺結核。歷史學家以及醫師們相信，由於古代必須經常使用富含鉛、汞的炊具，並且在室內燃燒炭火，使得軑侯夫人患了嚴重的慢性炭肺沉澱症。病理解剖下，她的肺部到處是灰灰髒髒的沉澱物。

在消化道方面，她患了嚴重的膽結石。醫師們不僅發現膽總管塞滿了結石，同時在肝總管也有一粒黃豆般大小的結石。這表示她晚年的生活可能面對的是常常發作的上腹絞痛、消化不良這些問題。

另外骨骼神經系統醫師們也發現了她的腰椎間盤有脫出以及變性的現象，在右手尺骨、橈骨遠端也因骨折癒合不良而造成的畸形。因此推論在她的晚年應該是行動不便，不停地抱怨腰痠背痛、右手軟弱無力。

更糟糕的是，她全身都是粥狀動脈硬化樣，同時心臟冠狀動脈也有明顯的動脈硬化現象。所以她只要一生氣，就會血壓上升，然後是頭暈目眩。接著因為交感神經興奮，引起心絞痛、呼吸困難等症狀。

醫師在她的食道、胃腸找到了形態飽滿的甜瓜子一百三十八粒半，因此他們開出來的死亡證明一致認為軑侯夫人是在吃了甜瓜後不久死去的。更大膽的推論認為在甜瓜消化的過程中引發了膽絞痛，由於絞痛，併發了高血壓、心絞痛以及急性心肌梗塞而突然去世的。

這份報告教人跌破眼鏡的地方可能在於這些真實的狀況，和我們歷史的想像實在相差太遠了。如張愛玲所寫的一樣，生命是一襲華美的衫子，爬滿了蝨子。錦衣玉食、僕人無數的軑侯夫人，她的健康狀況是如此糟糕。我們理解到在她華麗的生活包裝下，日子事實上是痛苦不堪的。如果王公貴族的軑侯夫人面對疾病尚且如此，更不用說一般的大眾百姓了。

以現代醫學的眼光來看，我們可以用驅蟲藥，借助公共衛生的力量來消滅寄生蟲。以瓦斯、電磁爐、微波爐的使用來代替炭火，預防炭肺沉澱症。肝膽結石也只要簡單的外科手術就可以解決。腰椎間盤脫出、變性、尺骨、橈骨骨折，都可以用骨科手術來治療。並且，高血壓、心絞痛更可以用藥物來做內科療法與控制。兩千多年前這位軑侯夫人，高貴的官太太，她的健康生活以及身體的舒適程度，用目前的標準衡量，簡直比偏遠地區的貧戶還不如。

我們發現，兩千多年來，人類文明最大的進步恐怕是在於這些實用知識的改善，一個從前的帝王或許有車騎無數，可是他最好的良駿也許比不上我們一般老百姓的一部小轎車。再好的大內御藥，也比不上一元一顆的阿斯匹靈。再快的再急的軍情快馬加鞭，也比不上我們的傳真機輕輕一按。

這些生活品質的實質改變在歷史上幾乎是看不到的。問題也許在於我們的知識分子，所嚮往的不外是格物、致知、修身、齊家、治國、平天下。生命的情調也執著在為生民立命，為天地立心，為往聖繼絕學、為萬世開太平這些理想的層次。至於醫學等等這些實用性低層次的技術，根本是知識分子不屑一顧的。

好了，兩千年過去了。

歷史的規律告訴我們，人類的理想生活制度一直還沒出現，我們的文化層次也沒有隨著知識分子的努力而有累積性的成果。儘管時代怎麼進步，我們怎麼改善醫療、通訊、電器設備……我們仍有不變的欺騙、剝削、搶奪、蹂躪、貪污、特權、陰謀……知識分子的努力似乎沒有改變任何事實，我們的文化理想看起來反而像是知識分子一套自給自足的遊戲。

這樣的發現想起來是驚心動魄的。知識分子幾乎對人類的貢獻繳了白卷，可是大部分的學者、專家、自命知識分子的人，仍然同幾千年前的人一樣，談著一樣的理想，浮誇一個美好的文化桃花源。

這使我想起夏志清教授在寫《中國現代小說史》時的一句話。

「假如大多數人生活幸福，而大藝術家因之難產，我覺得這並沒有多少遺憾。」

什麼時候我們這些自命知識分子的人從遊戲中醒來？

路的文化

行政院宣布往宜蘭的高速公路緩建，除非宜蘭的地方政府或者地方人士能夠明確表示願意配合政府工商的考量與措施。當下全國輿情譁然，立委紛紛質詢。整個事件或許政府有政策之考慮，經濟上的利益也有待專家做更進一步的評估。不過文化的觀點上，倒是有一些有趣的現象。

先從蘭嶼的飛魚說起。

蘭嶼捕捉飛魚的傳統習俗傳沿了很久。事實上在台灣南部沿海一帶並不吃食飛魚，飛魚之成為蘭嶼人的食物在於其特殊的文化圖騰。由於飛魚能夠從水中跳出水面，這被視為是一種天人之際的魚類。因此蘭嶼的飛魚基本上已經超越了單純食用的層次，而進入一種文化的象徵。

男人有男人食用的飛魚，女人有女人食用的飛魚，兒童有兒童食用的飛魚。這些不同的飛魚，早已經賦予了倫理的意義。不但如此，每年捕捉飛魚之前有飛魚祭。為了飛魚祭，雅美人造出最精緻的獨木舟、特殊的祭祀方式與舞蹈。可以說蘭嶼的整個文化發展，是從最簡單的飛魚開始的。

如果只就利益考慮，飛魚並不是什麼有價值的魚類。以我們的經濟觀點來看這件事，一定會發現許多啼笑皆非的非理性行為。

然而人類學家指出，不管是進化的民族或者是原始部落，都有這樣子的一個結構可循。陳其南教授就曾表示，以近代社會的觀點來看現代人，我們的文化與蘭嶼人比較之下，並沒有什麼特別優越的地方。

就以汽車為例，他發現汽車雖然有其運輸的功能，但是人類已經將汽車的文化層次誇張，甚至為汽車付出了前所未有的代價。其非理性的成分，絕不下於蘭嶼人的飛魚。

基本上，汽車是一種能動的盒子，其功能在於將人或者是物品運輸到各個不同的地方。然而這個主要的功能經過人類複雜的文化結構，已經變成了汽車價值中很小的一個部分了。經過文化的加強之後，我們發現汽車也同飛魚一樣分門別類。在經濟上有較貴的汽車、較便宜的汽車，在職業上有商人、學者、政治家……各有不同的車型，與不同的品味。個性上還有男性化的汽車、女性化的汽車……這些分類，就一個能動的盒子而言，實在是匪夷所思的。更不可思議的是，人類為了讓汽車在路上跑得平穩，花費幾乎是天文數字的金錢來鋪馬路，只要是汽車走到哪裡，路就鋪到哪裡。

台灣本不是一個適合以汽車為主要交通工具的島嶼，原因在於我們的土地太有限了。然而早在這些文化、地形上的基本考慮都還沒有開始之前，我們已經被動地接受了愈來愈多的汽車，於是政府投資愈來愈多的經費鋪道路。任何一個初出社會的年輕人都夢寐以求一部汽車，他可以犧牲幾年的青春，努力地工作，甚至是忍受上司的責罵，省吃儉用。可以說汽車的魔力在我們不曾阻止與思考之下，早已經超過了一個會動的盒子，或者是運輸的工具，成了身分、地位，以及種種複雜的人類的文化圖騰象徵。

儘管，我們的汽車已經呈現飽和，然而電視上沒完沒了的汽車廣告使我們領悟到原來汽車已經成了我們心中的幸福感覺。雖然事實上我們已經有太多的汽車在路上動彈不得，可是人人仍然缺乏一部心中的車，不管那部車是第一部車，更新的另一部車，或者只是一部遙不可及的高級房車……

可以說汽車造就了現代文化的大部分風貌。

於是關於道路與汽車的問題就不再是簡單的運輸問題，或者是經濟法則所能解釋。我們的交通專家想盡了各種辦法來抑制汽車的流量、抑制汽車的成長，可是抑制不了汽車在一般人心中造成的渴望。汽車文化一旦根深柢固之後，不再是那麼單純的問題了。

公共建設的緩不濟急是一個大問題。然而更教人擔心的卻是政府所造出來的現代化印象並非植基在更有尊嚴的生活、更合理的制度，與更相互尊重的社會。反而急功好利地標榜新的科技、新的設備、新的產品。從來沒有人懷疑，是不是有了這些建設，我們就會有更好的未來？過去台灣也曾嚮往有汽車、高速公路的生活，如今我們有了，我們真的感到快樂嗎？

這是一個文化性的全面問題。

政府的許多短期的措施，包括以價制量、以稅制量等等，都教人感到灰心萬分。整個事情的處理上看不出我們的政府有任何文化性的考量或立場。用行政的力量來解決文化的問題，其注定失敗是可以期待的。

反對六輕在宜蘭設廠是環境保護的考量。宜蘭快速道路的興建，在於開發東部，不但有經濟的考慮，同時還有文化層次的意義。現在緩建了，除非宜蘭地方人士同意配合政府的工商政策。環保的歸環保，經濟的歸經濟，政治的歸政治，文化的歸文化。

把這些問題全部混為一談，不是很奇怪的事嗎？

我早說過，汽車與道路，已經不再只是汽車與道路的問題。在這樣的時代，那部汽車已經深入人心，代表的意義可能超過蘭嶼人的飛魚、內陸人的鹽、農人的牛，或者電腦之於未來的人類。

固然宜蘭快速道路決定要緩建了，可是大部分人心中那一條道路，恐怕不是那麼容易就放棄了的事情。

文學的沉淪

我的本行是醫學，受的是科學的訓練。可是我對科學有種懷疑，我不相信科學能帶我們走到哪裡去。工業革命以後，封建社會迅速崩潰，科學帶著文明呼風喚雨，帶來工業社會、資本主義社會。我漸漸發現，我所學到這些實證、推理以及理性思維方式，竟然就是整個世界的脈動。科學與實證成了我們心目中最高的道德。

流風所及，整個十九世紀的人文、藝術，莫不用實證、解析、比較、結構、解構的方法來發展研究。新的理論與系統不斷應運而生。科學是無所不能，科學變成了我們的老大哥。這使得我感到非常納悶，人類到底是怎麼了？

回顧人類的歷史，我們總是為一個天真理想的明天付出今天的代價。現在我們知道了，汽車給我們快速的神奇同時也帶來了擁擠、污染、噪音。我們對於現代化安全、富足、樂利的想望總是為我們帶來犯罪、自殺、罷工……原來人類的和平、希望、尊嚴，並不在太空防衛系統能夠發展成功，也不在於更精進的核子武器。流過那麼多血，發生了那麼多悲劇之後，我們開始要求倫理、秩序、和諧、真誠、互助……可是這些人文在哪裡呢？

從來沒有一個時代，不是以人為本的。人類永遠是器物的操縱者，想辦法使事情做起來更容易。這是科學的用處。現在反過來了。我們的心靈，被科學這頂大帽子扣上，諂媚地，依著科學的方式偽裝起來，然後對每個謙卑的心靈大搖大擺、做盡聲勢。

我們回過來找人文，發現人文早被科學蹂躪殘喘苟息。當代的人文氣息，不但沒有建築在對文化、人文、根本以及生命本質的關懷，整備人文的結構竟然建立在於理性、客觀的解析，一層又一層的理論、學派，以及學派的傳播與詮釋。這樣的學派、意識形態所組織的權力中心，開始吸取科學的方法，曲解外國新的學派，類化國內同志，異化權力範圍以外的人士。

儘管我們的資訊增加了、知識累積了，可是科學的大阿哥仍然陰魂不散，並以一種深奧的方式控制了我們的精神層次。就某種層次而言，我們比封建帝國時代無知、不識字的老百姓好不到哪裡去，於是如何累積大量理論、系統，如何架構出龐大的專業體系，並且以這套標準做為評判，變成權力取得的重要關鍵。

這使得我對打著「人文科學家」旗號的許多文學批評家感到非常失望。

這些開口後現代，閉口結構、解構主義的專家、學者，有無反省過，在他們的評論、作品裡，是否也流露出了人文的氣質。或者自己只是做了一個「人文科學家」，並且為自己的科學心靈感到沾沾自喜？

文學、藝術是一種人文精神；科學的對象卻是物。以科學的態度來對待文學，基本上就是一種錯誤的想法。我相信文學的沉淪是從知識分子自己開始的。正因我們抱著實用的「科學」觀點去看文學，並加以容忍，文學不再有其崇高的氣質與生命。它開始淪為實用的物品。

從事文學的人沒有好好去維護、思考，甚至忽略了自己的優勢，一味地急功好利、殺雞取卵。應運而生的出版家、書店老闆、傳播系統當然很容易就認同了文學的物格。因此，我們不得不開始擔心文學落到有系統的行銷、宣傳，變成只是人們的麻醉。我們不得不擔心，文學將來落到一群訓練有素的公式作家生產線上一貫裝配……而文學品質的優劣，也被排行榜上的風風雨雨所取代。

是誰開始造就出來這樣的意識形態？

如果我們不從對抗「人文的物化」、「技術官僚」開始著手，我相信，這樣的情況還會愈來愈壞。所有人文的媒介都已經快淪為商品了。一日商品的地位確立，那自然就有廣告。有廣告就有謊言。我們的電視新聞有謊言、報紙有謊言、政府有謊言、廣播有謊言……差不多每隔幾分鐘就要面對一個謊言。我們生活在一個謊言的時代，沒有是非，一切但憑廣告的大小、流行來決定我們的喜惡。文學變成一種高級品牌的商品，公然說謊，自然大眾也就見怪不怪了。

那麼一個有文化、人文與生命本質關懷的文學環境呢？

更多自由、形式繽紛的創造呢？

更公平、更有創見的評論呢？

一個學科學的人厭倦了科學，想擁抱人文。可是他看到的卻不是這些，反而是更多科學買辦，想把文學物化、科學化，然後從中圖利的人。

痛心自然是在所難免了。

狗與狗之間的事

因為工作的緣故，必須做動物實驗，有機會到防疫處抓狗。這些狗都是流浪在外無人收留的狗，經過一定程序的招領、公告之後，只得分配給我們這些動物實驗的單位。

通常我們會利用一個假日，開一部車，帶著大大小小不等的麻布袋，還有一瓶肌肉注射的短效性麻醉劑，以及幾支注射空針，一次把我們實驗需要的狗都抓回來。

這些從各地抓來的野狗都關在籠子裡，每個籠子大約裝有五、六隻狗不等。和管理人員溝通好之後，我們便開始沿著籠子，一個一個看過去，一隻一隻搜索我們需要的狗。並不是所有的狗都合用，我們必須選擇看起來比較健康、一定的大小，以及重量的狗。

我們之不受狗的歡迎是可以想像的。這些疲憊的狗早看多了我們這種不速之客。因此，原本寧靜的防疫處，馬上氣焰高張，所有的狗都繃緊了精神，瘋狂地亂叫。

許多狗，儘管關在籠子裡面，傷害性仍然不小，因此我們必須小心翼翼。先把狗趕到籠子的一邊，很快地在牠的大腿上注射一西西到兩西西的麻醉劑。等到幾分鐘過去，狗開始變得昏昏沉沉的時候，再將牠從籠子裡面拖出來。

野狗的兇悍是我們很難想像的。尤其這些狗都流浪街頭，見多了人世險惡。我們試著打針，發現簡直是和這些狗拚命。不但牠們聯合一致，撲抓任何試著從籠外伸進來的東西，並且還兇狠地咬得稀爛。

這些行為使得我們的工作進行得很不順利，有一陣子我甚至覺得灰心。狗的氣勢愈來愈旺盛，我則節節敗退。我有一點難過，這才只是開始而已。待一會兒我們把狗打昏了，必須打開籠門，將牠拖出來。我如何通過其他那些清醒的狗呢？如果那些醒著的狗報復性地咬我一口，我該怎麼辦呢？難道為了籠子裡的一隻狗，我必須打昏其他所有的狗嗎？

我不禁為敵人的團結感到一點敬意，我有點低估牠們了。真要打昏籠子裡所有的狗，我想我的麻醉藥不但不夠，並且管理人員也不會同意我的做法。

該怎麼辦呢？我已經有點進退兩難。

我注意到有一隻倒楣被我打了麻醉的狗，因為藥力發作，開始顯得搖搖欲墜。可是這隻狗搖了很久，看起來麻醉劑量不太夠。我當場決定再追加一針。

像所有的電視影集一樣，就在一切都絕望、一切都十分困難的時候，奇蹟出現了。

原來我在追加麻醉針劑的時候，不再遭遇任何抵抗。不僅如此，這些不相干的狗都很識趣地讓開，好讓我順利地注射。

我有一點被這突如其來的改變弄得莫名其妙。到底發生了什麼事呢？是什麼打破了狗的團結？

我想了很久，有一點了解了——根本沒有團結這回事。答案一定是這樣，當所有的狗發現，災難並不是發生在自己的身上時，牠立刻變得漠不關心。

好了，團結是一種假象。為了更加肯定我的想法，我打開籠門，毫不客氣地就伸手去抓那隻已經倒下來的狗。果然我的想法沒有錯。甚至沒有一隻狗肯咬我一下，哪怕那只是一件舉手之勞的事，況且我的手上又沒有任何保護。每一隻狗，安靜、本分而認命地讓開了路，為著自己沒有被捕抓感到高興。這些狗世故的程度教我感到驚訝。不過我的工作有了這個發想之後的確容易得多了。我只要針對某一隻特定的狗，很快把姿態擺明，其他的狗知道事不關己，立刻識相又合作地讓開。不但如此，這些狗沒有一點學習能力。我用同樣的伎倆，甚至可以在一個籠子把所有的狗全部抓光。

我的工作很愉快，可是我卻為狗感到悲哀。

更糟糕的是狗與狗之間的事讓我想到人。

世故的狗更令人不愉快地想起世故的中國人。

在大巴士上

春節假期我坐在返回南部的大巴士上，車上擠得滿滿是人。車開上了高速公路，更是車水馬龍了。行在車流擁擠的公路上，根本是動彈不得。這是台灣每年的現象，到了年節，整個島嶼的人口大搬遷。在幾天之內，由南到北，不到幾天，又由北到南。

整個問題的嚴重性，是可以想像的。

不過在路上我發現一件事實，那就是比這種先天性的問題還要可怕的是人為的問題。儘管車流再怎麼擁擠，汽車總還能以一種緩慢的速度前進，可是一旦人為的行走路肩發生之後，麻煩就大了。

路肩本來用來作故障、修復、處理意外事故等備急之用，可是一旦被占用之後，就失去了這些功能。不但如此，這些占用車道的汽車在搶先之後，必然在更前方試圖插入內車道，這麼一來，在換車道的過程中必然耽誤了時間，於是整條原本擁擠的公路，發生了癱瘓的現象就在所難免了。

因為習慣了這種年節的塞車即景，我也自然就見怪不怪地睡一覺再作打算。這部原本預定三個半小時就會到達嘉義的大巴士，在路上耽擱了許多時間。等我醒過來時，車子仍然停停走走。不過顯然已經過了中午時分，大夥早已飢腸轆轆，大巴士才走到苗栗，離預定的休息站還很遠。車內起了一陣騷動。

「你到底會不會開車？」車內的旅客有人不耐煩地表示。

「大家忍耐一下，今天車子這麼塞，你們也不是沒有看到。我已經盡量在快了。」司機一副哀求的表情。

「你快個頭，」另外一個人開罵了，「從早上開到現在，路上沒有一部車比你慢，你是不是車子有問題？」

「你們以為我喜歡這樣嗎？我也是不得已的。我何嘗不想快呢？過年塞車，全台灣都一樣啊，怎麼快，你倒教教我。」

「你不會走路肩啊？」

「不行，走路肩不行。」

「奇怪，別的公司的汽車走路肩都沒有問題，你們的汽車比較寶貝，不能走路肩？」

「走路肩不合規定。」司機表示。

「不合規定，好，那我問你，公路局規定三個半小時車到嘉義，現在過了快四個小時，還走不到休息站，小孩子都快餓昏了，這叫遵守規定嗎？」

本來理直壯的司機這時顯然也有點不安了。

其餘的乘客趁機起鬨：「對，對，這算什麼遵守規定呢？」

不得了，全車的人都主張違法超車、行駛路肩，他必須想出新的立場來支持他的道德觀。

「你們都說超車、走路肩，那是違規的。我問你們，現在如果違規，被交通警察抓到了，誰來付罰金？」司機最後有藉口了，「你們誰願意付錢？」

全車的乘客總算安靜了一下，似乎司機的話有點生效了。

過了不久，有一個怒氣沖沖的乘客走到駕駛座旁，很誇張地丟下三千元的鈔票，得意地表示：

「你走，走。哪一個交通警察敢攔車，這筆帳算我的。這樣可不可以？」

車內的乘客似乎受到了很大的鼓舞，個個大聲地喊著：

「走，走，走……」

那聲音愈來愈大，有點像是示威遊行時被挑起的群眾情緒，十分地煽動，十分地教人感到不安穩。走——走——走……有個更有錢的人又丟了三千元鈔票。他大聲地叫：

「警察抓到，罰款他出，我再賞你三千塊。可不可以？」

我有點害怕，這一車子的人簡直瘋了。

有個清醒的年輕人看不過去，他說：

「讓司機好好地開車，好不好？」

這時候那個丟錢的人朝年輕人狠狠地瞪了一眼。年輕人身旁的女友拉了他一下，示意他安靜。這個年輕人便不再多說什麼。

在一片吵鬧聲之中，司機仍堅持地開他的車，一邊喃喃地唸著：

「我也希望早點回家，我也希望快一點呀……」

車子經過苗栗交流道，司機把車子駛離高速公路。

「我們先下去苗栗休息，去吃中飯。這已經違反規定了，我也只能做到這麼多，大家先吃飽再說，大過年的，不要火氣這麼大……」

想到吃飯，激憤的群眾似乎平息了一些。

車停在私營的休息站，大家紛紛下車去吃飯。休息十分鐘。

「我也是盡量快呀，塞車又不是我造成的……」

一個不懷好意的傢伙對另一個傢伙說：

「總算他有種也敢違反規定。」

一個太太拉著她的老公說：

「開路肩雖然快，可是也很危險呀！」她想了一下，又說，「等一下不要多說話，免得惹麻煩。」

我在休息站買了一個便當，吃得十分不是味道。這一切是那麼地熟悉。

吃完了便當，大巴士再開。那個衝動得丟出三千元鈔票的傢伙似乎也清醒了一些，他拿回剛剛丟出的錢，對著司機說：

「總算你還有一個膽量……吃飽了，隨便你開了。上了賊船了，還能怎麼辦。」

走在高速公路上，我想起這件教人哭笑不得的事。整個群體竟然集體要求超車、走路肩，忘了原來的塞車就是超車、走路肩造成的。像所有台灣的事情一樣，股票、房地產、集體暴力、懦弱、無力感、功利……群眾常常像瘋了一樣地做出種種非理性的行為，並且成為一種集體的標準。在這種標準之下，人們的努力不但不能累積，並且彼此牽制。短期的獲利是用長期的犧牲換來的。

這樣的痛苦，非但沒有因為學習而避免，反而一再地以不同的面貌重複發生。這是一個沒有記憶、也沒有學習能力的民族，只有變形蟲才會這麼愚笨地一再重複錯誤的行為。我們是人類，比變形蟲好不了多少的人類。

我閉上眼睛，有點想睡。大巴士搖呀搖地。睡覺畢竟不是壞事，太清醒總讓人有痛苦的感受。

【附錄】

醫師侯文詠 vs. 文學侯文詠

我為美而死，但尚未
安息在我的墓裡。
有一個為真理而死的人
被放在我的鄰室。

他輕悄悄地問我為何殉身？
「為了美。」我說。
「而我是為了真理，兩者實為一體，
我們其實是兄弟。」

於是就似親人在夜間相遇，
我們便隔牆聊起天來。
直至青苔爬上了我們的嘴唇，
將我們的名字掩去。

——Emily Dickenson

醫生的侯文詠（以下簡稱醫）：不知道為什麼，我很喜愛愛蜜莉這首詩，感覺好像是所有的虔誠，終將可以相遇，真理與美可以相容，自己也可以與自己的化身對談……

文學的侯文詠（以下簡稱文）：人生活著，好像就是這些瑣瑣碎碎的心情，互相對談著、吵鬧著、恭維著，彼此相互需求、愛戀、氣憤著。

有時候，我忽然會希望自己是各種不同的人。我記得從前大學時代瘋狂地看電影，一天最多可以看六部。那時候，天沒亮就趕著公車去看影評人協會八點的電影，手裡拎著一天份的果汁、麵包，整天悶在烏漆漆的戲院裡盯著亮麗的銀幕看，電影院一家趕過一家。夜深了，走出電影院，仍是一片漆黑。回到家裡躺在床上，倒頭就睡。夢裡都是一場接一場的戲，從第一場接到第三場，又是第五場、第六場。隔天清晨醒來，迷迷糊糊，自己讓自己愣住了，我是誰？我為什麼在這裡？

過一會兒，醒悟過來，自己仍是原來的我，不是夢裡的任何一個人，不免有些失望，為什麼活得那麼平凡？開始刷牙、洗臉，踏踏實實地過日子，又有點慶幸了。喜歡當自己，實實在在的自己，不是隨時可能消失在銀幕上的光影。

醫：我也常有類似的感覺。有次我在醫院裡看見年輕的女性癌症患者躺在床上，那天正好下雨，從床上的窗戶可以看見雨景。光線幽幽微微，靜靜地站著看這個畫面，讓我想起電影的長拍鏡頭。

看著生命中殘酷的真相展現在面前，反而有種很不真實的感覺，彷彿是這麼美好的景致的背後不應該是這樣。我忽然變得有些感傷。記得《蒲田進行曲》裡最後一場戲，松坂慶子在病中虛弱地伸出手，在一切感動、溫柔中，她聽見丈夫和孩子的聲音。這時傳來戲外導演喊「卡」的聲音。布景被拆開，松坂慶子活蹦亂跳從床上躍起，與每個演員握手互道恭喜、慶祝電影殺青。原來是一場戲。

我常常想起那一幕。在很多時候，無可奈何，我反倒希望一切只是一場戲。

關於青春……

文：你是個年輕的醫師，老編希望和我們談些青春有關的話題，你知道，好比年輕的女孩、年輕的女病人……

醫：我記得剛進醫學院時做了一份問卷調查。後來快畢業時看到那時候填的問卷，嚇了一跳。原來那時候自己心目中的理想對象要那種浪漫典雅、長髮飄逸、有點弱不禁風的女孩。而且最好還要會彈鋼琴，背一點詩賦，有點不食人間煙火的氣質。

沒想到醫學院讀了七年，思想改變了那麼多。也許是在醫院病懨懨的人看多了，忽然變得喜歡那些在陽光下蹦蹦跳、健康、明快的女孩。

從前我父親曾說：「每個女孩，都有一段自己的時期，是最美麗的。」當初我不能理解，漸漸長大，慢慢領悟了，原來那是青春。這種感覺愈來愈強烈，所有散發青春、活力的事物，都是大自然最美麗的恩寵。

文：我記得有一次在西門町等朋友。我穿的衣服是標準的襯衫、領帶、西褲。從我周圍走過去的年輕人穿著花花綠綠，削得薄薄的龐克打扮，墨鏡、小飛俠似的風衣、鍊子、裝飾，我忽然有種恍惚的感覺，好像我穿著中古時代的衣服，誤闖進時代的街頭來。

我很不甘心地想，我也是年輕人啊！可是又很害怕自己還來不及年輕，就已經要開始老去了……

醫：我想年輕是一種 state of mind（心靈狀況），不是 stage of life（生命階段）。我覺得年輕狀況散發出來的熱熾，是一種藝術，生命的原動力，不是任何深謀遠慮，或者經驗能夠取代的。

文：或許真的是這樣吧！最近我看馬奎斯的作品《愛在瘟疫蔓延時》，都五、六十歲的人了，可是那樣的熱熾與活力，不得不令人相信他還年輕。

從漫畫到文學

醫：談談你吧，為什麼會喜歡上文學呢？

文：小時候立過志願當醫生、棒球小國手……現在實現的實現、落空的落空，可是從來就沒立過寫作的志願。和文學扯上關係，大概是從漫畫開始的。

醫：漫畫？

文：對呀，那時候我們國民小學的圖書館有許多過期的《王子雜誌》，沒事就拿來翻漫畫，什麼妙妙龍、光頭博士……這些，看著裡面有個王子小記者專頁，有許多小朋友的文章，我心裡想這種文章我也會寫（不是老師教的那種起、承、轉、合分四段，還要用毛筆字規規矩矩地寫），於是就撕印花、貼照片去應徵，還領到一張小記者證，開始寫一些生活點滴……

漸漸變成高年級，眼界高了，看書的水準跟著提高。我從小就不喜歡聽什麼白雪公主、灰姑娘、王子、國王的這些，覺得很噁心，是騙小孩子的。我都看福爾摩斯、亞森羅蘋，東方出版社這些少年叢書，看得很起勁，還自己組成了一個偵探社，可惜沒破過什麼案件。

那時候家裡把這些書當閒書，看都不准看，更別說要買了。我記得那時一天的零用錢是五毛，一本福爾摩斯是二十五塊。為了能吃冰淇淋又能看書，我就發了狠心站到書店去看，看一本差不多要兩個小時。老闆不高興趕人了，我就到外面轉一圈，又溜回來看。看一本賺它二十五塊，覺得很夠本。福爾摩斯二十本，亞森羅蘋十五本，還有冒險故事十本，多半是零零星星向別人借書，或者站在書架子前面看完的。（想想很對不起東方出版社。）

醫：《七年之愛》跋裡弟弟說你的功課一直很好，這樣拚命看「閒書」，功課還能很好？

文：因為想看閒書，所以功課愈來愈好。這是從爬山得來的感想。每次去爬山，跟著一群人，爬著爬著落到尾巴去了，望著前面人的步伐那麼快，愈爬愈痛苦。後來學聰明了，與其這樣，我不如一開始就衝到最前面去，既可以欣賞山水風光，又不用擔心要跟著別人的節奏。我自己來決定自己的節奏。到了一定的地點，我們停下來休息，看著後面的人氣喘喘地趕上來，那種感覺真好。

所以國中、高中的功課也是那樣。你拚命在最短的時間把自己的書好好唸完，剩下的時間就是自己的。成績愈好，愈沒有人干涉你看閒書。為了愈多的時間看閒書，愈拚命讀書，結果變成良性循環。

這是我說的「爭一時風平浪靜，進一步海闊天空」。

醫：做起來恐怕不容易吧？

文：自己必須相信自己做得到才行。然後要有不斷的反省、檢討自己的效率、時間管理，以及不斷的自我鼓勵與打氣。

想想年輕實在很可貴，在抱怨與咳聲嘆氣中度過太可惜，所以就拚著命做自己「該」做，以及「喜歡」做的事。

醫：你對小說創作似乎情有所鍾，是不是這樣？

文：我從小到大，一聽見有人要訓話，或是說什麼偉大的道理，心裡就涼了半截。所以在文學形式，選擇了小說。反正說個故事，道理體會自在人心，沒有什麼大學問或是真理那種教人肅然起敬的東西。

加上我成長期間，正好是張系國、黃春明、王禎和、白先勇……這批優秀作家最旺盛的創作期。我的人格塑造，在聯考教育制度下得不到，只好從那邊一點一滴獲取。從他們，跳到張愛玲、錢鍾書、魯迅、老舍、茅盾，到了大學時代大量閱讀外國作家小說……這些作品，成了我人格特質的一部分，讓我能藉著這些，觀照自己內在的生命、思考、反省。因此我對小說，有一種不能自拔的愛戀。

醫：那麼，評論、散文、兒童故事，甚至是演講、廣播呢？

文：我說過，我不是那種能夠忍受同一種樣式很久的人。有時候走在街上，我忽然會希望我是一個不相干的別人。我寫評論，因為心中那個忿忿不平的我有話要說。寫散文，因為我的心中有浪漫和快樂。然後是心中那個頑皮的孩子大剌剌地跳了出來。真的，在我寫《頑皮故事集》和《淘氣故事集》的時候，我是一邊笑一邊寫完的。我彷彿和我心中那個孩子玩著捉迷藏的遊戲，我們一邊追逐一邊笑，直到我們都精疲力竭為止。偶爾我走出自己的世界，去參加演講、廣播，看看不同的人群，聽到掌聲，真感到非常愉快。我真喜歡這樣的感覺，做不一樣的自己，有人告訴我，寫作需要規劃。我覺得他的話有道理，可是再想想，無論如何，熱情還是很重要的。我總得先讓自己滿意，才有辦法教我的讀者也滿意。因此，如果說我的寫作領域太過多樣了，不容易讓讀者識別，我想那是我的規劃，也就是我喜歡的樣子。計畫好了一直要寫下去，讀者總有一天認識各個不同層面的我，我可以用努力與時間來等待。

也許你擁有的，並不是最壞的……

醫：在我讀書的過程中，曾經有想放棄醫學的念頭，那時很想心一橫，到美國去學電影算了。後來終於還是認命地學自己的醫學，原來我發現自己並不是偉人傳記上寫的那些敢大愛大恨、棄醫從文的偉大人物。

文：因為醫師是許多人羨慕的行業？

醫：我記得自己從前常在政大圖書館啃書，背一大堆數據與令人昏頭轉向的藥理作用。有一次，我書背得累了，坐在館前階梯休息，聽見學文史的學生們正緊緊張張地在背一些考前整理，什麼年代、定義……還特別強調華格納的音樂是「雄偉、華麗」，巴哈是「沉厚、莊嚴」，這些要考填充題、問答題什麼的。

那時，我忽然有種覺悟，覺得去學藝術，也許不像我想像的那麼美好。也許你目前擁有的，並不是最壞的，至少背會了這些，高血壓的病人能夠把血壓降下去，感染的傷口可以把它清除乾淨……不知為什麼，我漸漸說服自己死心塌地去背那些東西。

文：從前魯迅在日本學醫，微生物課時日本教授忽然放映一段日俄戰爭，日本處決中國人（罪名是為蘇俄擔任間諜）的情形。在日本學生大呼小叫聲中，他決定放棄醫學從事文學。他覺得如果沒有思想、組織，即使有再好的體格與健康，終究還是要淪為別人的奴隸。

醫：老實說，時代變成了這樣，我很懷疑自己的小說，真能給別人帶來任何好處？我很羨慕那些堅信自己所作所為的人。我不是。我一直都是一個懷疑的人。

所以我不願意放棄最保險的辦法，當醫生，能幫一個人算一個。慢慢累積下來，也許有一天老了，回過頭來看，不會對這一生太後悔吧？

文：為什麼在醫學的領域，選擇了麻醉做為自己終身的職業呢？

醫：我想我並不喜歡內科，甚至有點懷疑。

通常情形是這樣子的。我們有愈來愈多的慢性疾病病人，包括癌症、心血管疾病、糖尿病、感染性疾病……每天大教授們帶著一群住院醫師、實習醫師在病房迴診，談的都是一些莊嚴而高深的醫學、論文、研究……這些白衣人在病房優雅地走動，彷彿更高級的人類或是神祇，可是病人卻一日一日的死去。我們對這些慢性疾病一點辦法也沒有。我厭倦了這些毫無效率、自以為是的東西。所以想去找一些可以做一點事的地方。

我想我在麻醉可以做的東西是很有挑戰性的。往往一個麻醉的病人，他的生命徵候，包括血壓、心跳、呼吸、脈搏，都是靠麻醉醫師來維持。一旦發生了任何問題，一個麻醉醫師必須在幾十秒的時間內找出答案，並且給予正確的處理。一旦作了錯誤的抉擇，那就後悔莫及了。我很喜歡這樣的挑戰，你做的任何事情，都有個交代。沒有無謂的官僚、不切實際的論談、自以為是的道理。

文：會不會覺得麻醉並不是一個治療性的科系？

醫：事實上醫學的分工這麼細瑣，將來所有的科系都只能做完某一個階段性的工作。我對我的工作感到很有把握。我讓一個病人昏沉睡去，維持他的生命，然後在適當的時候讓他醒過來。我完成了我的階段性任務，當我在家寫作的時候，我不用持續性地擔心著這個病人，我感到心滿意足。

二十世紀醫學最重要的貢獻就是麻醉、免疫，以及抗生素的發現。麻醉這幾年的進步，使得心臟外科、腦神經外科、小兒外科、一般外科的領域擴大了許多，病人的生命安全也增加了許多保障。此外，包括手術後的止痛、無痛分娩、癌症疼痛的控制、一般疼痛的控制，以及加護病房中的呼吸治療，都是麻醉的工作領域。

我們活在一個充滿了痛的時代。我能夠讓病人有免於疼痛的尊嚴，這是我喜歡的一個工作。

不是會寫文章，
在開刀房就可以笨手笨腳的……

文：基本上，你覺得醫學的心情與文學的心情，有什麼不同？

醫：我記得當實習醫師那年，正好意外地同時得了中華文學小小說以及散文獎。那天第一次進婦產科開刀房，我的住院醫師得意洋洋地到處宣揚這件事。我對開刀房的規則還不是很熟悉，結果無菌衣穿錯了，招惹開刀房護士白眼，冷冷地說：「不要以為會寫文章，在開刀房就可以笨手笨腳。」

開刀房的規矩很嚴格，挨罵是理所當然。但這件事給我感觸很深，我體會到，在那樣生死搏鬥的冷酷場合，原來寫作這件事是一文不值的，甚至還讓人對你好生懷疑，懷疑你仍是那樣的「文藝青年」，充滿不切實際的夢幻。

因此，我很小心謹慎地把寫小說那些創造性、浪漫性的形象，保留在心靈裡。我決定努力地學習知識、盡自己所能照顧病人，取得病人的信任，並規規矩矩做好該做的事。

文：會不會有些兩極化？

醫：我本來也覺得擔心，後來發現，原來人都是這樣。我認識一個風範、學問都極好的醫師，他最大的興趣是做模型。每有空閒，就跑到百貨公司的櫥窗去看模型，像個小孩一樣趴著，看來看去，千挑萬選，找出最寶貝的一件，帶回家等著下個假期來黏。

他的屋子裡堆滿了製作好的模型，飛機啦、坦克啦、房屋……這些童稚的心情，實在很難與他在醫院的形象結合在一起。可是他很坦然地讓我了解，這些模型對他的生命有多麼重要……

文：原來在每個人的內心，都有自己的夢想。

醫：是的，藉著這些夢想的實現，來觀照自己內在的生命。於是，活著不再是那麼辛苦的事，縱使我們有生、老、病、死，有許許多多的煩惱。

我終於對自己變得坦然了。每個人都有自己的夢想，夢想能託付在實質上，夢想能夠實行是最幸福的事。不管夢想只是模型、旅遊、寫作、打球……那麼不起眼的事情。只要我們願意去承擔生命的責任、去承擔我們的夢想，這些事，都會因而變得有其獨特的意義，沒有人能從你身上把它奪走。

生活與夢

文：終於我們又回到原來開始的主題，我發現，大部分的時候我們都是「現實群落中的理想主義者」，甚至，生活與夢的界限，也不是那麼截然分明。

醫：是啊，也許我們還可以找到更多的侯文詠來談這些事，好比電影的、現實的、夢想的……

文：（笑而不語。）

醫：我知道，你想起了愛蜜莉的詩……

於是就似親人在夜間相遇，
我們便隔牆聊起天來。
直至青苔爬上了我們的嘴唇，
將我們的名字掩去。

（真的，我們同時都想到了愛蜜莉的詩。）

國家圖書館出版品預行編目資料

點滴城市【全新版】 / 侯文詠著. --初版.--臺北
市：皇冠文化. 2018. 07
面；公分（皇冠叢書；第4701種）

ISBN 978-957-33-3385-2(平裝)

855 107009309

皇冠叢書第4701種
侯文詠作品 20

點滴城市【全新版】

作　　者—侯文詠
發 行 人—平雲
出版發行—皇冠文化出版有限公司
臺北市敦化北路 120 巷 50 號
電話◎02-27168888
郵撥帳號◎15261516號
皇冠出版社（香港）有限公司
香港上環文咸東街 50 號寶恒商業中心
23 樓 2301-3 室
電話◎ 2529-1778　傳真◎ 2527-0904
總 編 輯—龔橞甄
責任主編—許婷婷
責任編輯—蔡承歡
美術設計—王瓊瑤
著作完成日期—2018年
初版一刷日期—2018年07月

法律顧問—王惠光律師

讀者服務傳真專線◎02-27150507
電腦編號◎010020
ISBN◎978-957-33-3385-2
Printed in Taiwan
本書定價◎新臺幣280元/港幣93元